Cordula Mechkata

Pädagogin, einwandfrei
oder *Oma, Kant und die Wurst ..*

BOOKS on DEMAND

»Habe Mut, dich deines eigenen
Verstandes zu bedienen.«[1]

Immanuel Kant, * 1724 † 1804

---

[1] »Sapere aude!« [lat. für: Wage zu wissen, wage zu verstehen] Habe Mut,
dich deines eigenen Verstandes zu bedienen! ist in Immanuel Kants
Worten der Wahlspruch der Aufklärung. Aufklärung ist für Kant »der
Ausgang des Menschen aus seiner selbstverschuldeten Unmündigkeit«.
(Waibl, 2007, Metaphysik, 442)

Cordula Mechkata

Pädagogin, einwandfrei
oder *Oma, Kant und die Wurst* ..

Bibliografische Information der Deutschen Nationalbibliothek:
Die Deutsche Nationalbibliothek verzeichnet diese Publikation
in der Deutschen Nationalbibliografie; detaillierte
bibliografische Daten sind im Internet über http://dnb.dnb.de
abrufbar.

Umschlagzeichnung: Nicolina
Foto: Cordula Mechkata
Co-Autorin: Nicolina

Herstellung und Verlag: BoD – Books on Demand, Norderstedt

ISBN: 978-3-7386-1762-7

Inhalt

Vorwort

Liebe Leserin, lieber Leser,

als vor sieben Jahren unser Kind zur Welt kam wurde alles anders. Wir wollten wie alle Eltern möglichst viel richtig machen. Zu Beginn gelingt *das Richtig machen* meist recht gut, wenn sie klein sind »gehören sie dir allein«. Später entgleiten sie dir zusehends und du musst sie dem Einflussbereich anderer überlassen, da bleibt dir gar nichts anderes übrig. Es beginnt mit den Großeltern, dem Kindergarten, geht weiter mit dem Eintritt in die Grundschule, wo das entscheidende Fundament für ein späteres mehr oder eben *weniger* erfolgreiches und erfüllendes Leben gelegt wird. Genau an diesem Punkt hakt dieser, mein erster Roman ein: »Was sind das für Menschen, denen wir unsere Kinder überlassen müssen?«

Nun, das wusste ich zunächst natürlich auch nicht so genau. Ich selbst bin eine normale Arbeitnehmerin mit wenig Freizeit. Ich habe einen Fernseher, einen Bausparvertrag und ein zu niedriges Einkommen um große Sprünge machen zu können. Meine bisherige Vita ist alles andere als rund gelaufen. Ich kann auf *wenig wirklich Erfolgreiches* verweisen. Oft in meinem Leben traten Dinge ein wie » .. falscher Zeitpunkt, falscher Ort, falscher Mann, aber richtiger Gedanke .. « (vgl. Hölzel, 1993), und meist meanderte ich langwierig und zeitaufwändig herum, viel Energie verpuffte dabei sinnlos. Kraft und Mut verlor ich dabei viel zu oft. Ich lernte, maturierte, studierte, alles viel zu spät und kam eigentlich auch mit meinem Mitmenschen nie wirklich klar, weil meine Erwartungen stets zu hoch waren.

Solche Irrwege möchte ich meinem Kind, wo's geht, gerne ersparen. Ob man im Leben viele solcher Umwege geht, hat sehr viel mit Wissen, Instinkt, Cleverness, aber vor allem mit wertvollem Beistand zu tun, den man bekommt, oder eben nicht. Meinem Kind will ich diese Förderung, dieses Geleit geben. Möchte es bestmöglich unterstützen, damit es mutig, klug (besser clever) und erfolgreich werden kann, und so eine Chance *auf der Jagd nach dem Glück* hat. Das ist mein Part, meine Mission. Die andere wichtige bedeutsame Person ist die Lehrerin. Aber ist sie auch eine geeignete, niveau- und wertvolle Partnerin, eine helfende Bezugsperson für mein Kind, die wegweisend sein kann um bestmöglich ins Leben zu starten?

Um Antworten auf diese Fragen zu finden umgab ich mich mit Pädagoginnen, hörte ihnen zu, machte mir Gedanken, gab ihnen eine echte Chance, fernab der oft herrschenden Vorurteile, was nicht bedeutet, dass solche Klischees von ungefähr kommen, doch lesen Sie selbst, bilden Sie sich Ihre eigene Meinung.

Wenn dieses Buch auch nur eine einzige Person dazu bringt, Mut zum Statement zu entwickeln, in einer komplexen und unübersichtlichen Welt voll Fachidioten, dann hat es sein Ziel schon erreicht. Wenn es mein Kind dazu bringt, straight, willens- und charakterstark und vor allem unbefangen und ohne Furcht seinen Weg zu gehen, habe ich mehr erreicht, als ich je zu hoffen gewagt hätte. Wenn es mir als Mutter gelingt, mein Kind erstklassig und maximal ausbilden zu lassen, dann habe ich etwas richtig gemacht.

Um diese Gedanken kreisend entstand dieses Buch. Schreibend verbrachte ich meinen Alltag, machte mir ein Bild der aktuellen Lage und brachte zu Papier, wie eine Generation ins Bildungssystem startet, während eine andere sich in den Ruhestand begibt. Weil Jahrzehnte die Welt verändern, und weil man immer irgendwie auf Vergangenes angewiesen ist, um Gegenwärtiges zu verstehen, schildere ich hier – gemeinsam mit meinem Kind – den Lauf der Dinge aus dem Leben einer Lehrerin, die 40 Jahre unterrichtete, fest verwurzelt und in ihre Heimat fest integriert ist, geschätzt, geliebt und geehrt wurde und wird. Die Versetzung in den Ruhestand erfolgte just zum Zeitpunkt der Einschulung der Enkelin. Unsere Protagonistin heißt Charlotte, sie ist ordentlich, korrekt, eine ehrliche, gewissenhafte *Heldin ihrer Zeit*, die stets vorbildlich Haltung ein-

und annimmt, und wir beschreiben sie als eine, die weit mehr tat, als im Lehrplan stand.

Die Geschichte ist autobiographisch, mit historischen Seitenhieben auf Gesellschaft, Kultur und Weltgeschehen, und eine Huldigung an eine Frau, die in beneidenswerter Weise ihre Berufung früh fand, diese ein ganzes Leben lang lebte und niemals daran zweifelte.

Der Erfolgsgeschichte der Oma, steht allerdings eine gewisse, nämlich *meine* Desillusion gegenüber und es kommen mir daher im Erzählfluß der Ereignisse immer wieder die Erinnerungen an mein eigenes Scheitern, meine vielen eigenen Misserfolge in die Quere. Oft ging ich mit meinen Hoffnungen baden, wurde enttäuscht und empfand mich als benachteiligt inmitten von mehr oder weniger erfolgreichen, scheinbar glücklichen Mitmenschen. Dabei traten klar zwei Dinge, eigentlich drei Dinge zutage: Erstens das Verstehen der vielen falschen Entscheidungen im eigenen Leben, und zweitens das Wissen über die seit langem schlechten Bildungsstandards auf vielen unserer Schulen. Die Erkenntnis, dass Bildung vererbt wird sowieso! Drittens erschien aber auch die Hoffnung als Silberstreif am Horizont, dass es doch gelingen könnte, dem

Kind eine geeignete Rampe ins Leben zu legen. Denn schließlich ist: »auf der Jagd nach dem Glück [..] die Hoffnung – Treiber.«[2]

Ich selbst habe das im Bildungssystem meiner Generation begründete eigene Wissensmanko in Eigenregie, 20 Jahre und zwei Scheidungen später, vor allem aber mit viel Energie, Disziplin und Durchhaltevermögen mehrfach aufgeholt. Ich selbst stand oft vor der Entscheidung, »mich durchbeißen!« oder »alles hinschmeißen?«. Und zwischen Weiterkämpfen und Resignieren liegt oft nur eine pädagogisch wertvolle Lehrkraft, ein Mentor, eine Beraterin, eine Fürsprecherin, der/die wertvollen Beistand leisten kann und das auch möchte und tut, es nicht etwa bleiben lässt, weil es anstrengend, niemals endend und oft wenig erfolgreich erscheint, manchmal aber dann doch fruchtet.

Weil ich mir für mein Kind gleich zu Beginn und von Anfang an eine befriedigende, wertvolle und befruchtende Bildungssituation wünsche, damit für mein Kind später nicht genauso wie ich es erleben musste, das »trotz Fleiß, kein Preis«-Prinzip bleibt, deshalb habe ich diese Geschichte, meine Erkenntnisse aufgeschrieben. Ich möchte mein Kind dazu

---

[2] Verfasser [mir] unbekannt

bringen, in einer viel reiferen, gescheiteren Art und Weise, gleich von Beginn an, die »bessere Entscheidung« zu treffen.

Umso wichtiger ist gute Bildung am Puls der Zeit.

Umso wichtiger ist ein erlesener und exquisiter Charakter unserer Pädagoginnen und Pädagogen, wenngleich es hier aber *ausschließlich* um *eine Pädagogin* geht. Einen Volksschullehrer kenne ich gar nicht. Sie etwa? Ich kenne einzig Volksschullehrerinnen, männliche Exemplare sind mir noch nicht untergekommen. Auch das Thema greife ich hier auf, wenngleich nur rudimentär.

Das Thema Schule ist universal. Jeder war einmal dort. Hier findet jeder auch etwas für und über sich, und sei es nur die Erkenntnis, dass man durchaus eine gute alte Weisheit mit einer neuen Erkenntnis verknüpfen kann, um daraus eine gut machbare neue Gangart entwickeln zu können, denn wir müssen Althergebrachtes hinterfragen!

Ich würde diese Erzählung als fiktiven autobiographischen Roman ausweisen, als Debüt einer unbekannten niederösterreichischen Autorin, Mutter und Lohnarbeiterin, ein *bisserl überwuzelt* und langsam in die Jahre gekommen, Cordula Mechkata.

Andeutungen zufolge hat sich alles im Niederösterreich der Jahre 1953 – 2015 zugetragen, könnte sich aber genauso in jeder anderen Gemeinde oder Volksschule im deutschsprachigen Raum so abgespielt haben, daher sind alle Ähnlichkeiten mit Ihnen *möglicherweise* bekannten Personen ungewollt und rein zufällig, und der Rest, der ist freilich frei erfunden ..

Ein Mensch erkennt seine Berufung

Meine Oma ist Lehrerin. Nein, meine Oma war Lehrerin. Nein, sie IST Lehrerin. Sie ist Volksschullehrerin. Und indem ich mir Gedanken über meine Oma Charlotte mache, spüre ich, es ist nicht allein der Einfall, der mich reizt, ich bin auch von innerer Erregung beflügelt – der Neugier nämlich, die sich einzustellen pflegt, wenn ich eine Möglichkeit sehe, jenseits des Alltags einen Blick in ein anderes Leben zu werfen. Wie hat diese andere Person ihr Leben gemeistert? Was hat dieser Mensch anders gemacht? Was lief in diesem Leben gut, was weniger?

Diese Geschichte ist fast autobiographisch und ihr Star heißt Charlotte.

1953: Der sowjetische Diktator Josef Stalin stirbt. Julius Raab ist Bundeskanzler und in Westminster Abbey in London wird Elisabeth II. zur Königin des Vereinigten Königreiches von Großbritannien und Nordirland gekrönt. Dean Martin jodelt undeutlich »That's Amore..« und René Carol erhält eine Goldene Schallplatte für »Rote Rosen, Rote Lippen, Roter Wein«. Die Frauen der Epoche sind den 3Ks zugeordnet: sie gehören demnach in die Küche, zu den Kindern und in die Kirche. Die Kühlschränke erobern die Haushalte, Wohlstand wächst,

Aufschwung ist spürbar und auf der Erde wohnen etwa 3 Milliarden Menschen, als 1953 meine Oma Charlotte geboren wird.

Meine Oma Charlotte wusste immer schon ganz genau, dass sie Lehrerin werden wollte. Als sie klein war, liebäugelte sie freilich kurz einmal damit, vielleicht, eventuell Tierärztin zu werden, doch nur kurz und nicht wirklich ernsthaft. Sie wusste, sie würde Lehrerin werden.

Sie war ein Einzelkind, spielte immer gerne mit anderen Kindern und stellte sich in romantischer Art und Weise vor, wie es werden würde, später einmal mit Kindern zu arbeiten. Es war eine Art von lebhafter Vorstellung über gemeinschaftliche Aktionen, wie sie Einzelkinder öfters haben. Das Wort Gemeinschaft hat für sie oft eine große Bedeutung, das bleibt meist so, ein ganzes Leben lang. Trotzdem und vielleicht gerade deswegen, stand ihr beruflicher Weg fest und ihre Mutter, eine Bankangestellte, unterstützte sie dabei, so gut es ihr möglich war. Von ihr hat sie offenbar auch gelernt, den Wert des Geldes richtig einzuschätzen und es zusammen zu halten. Das tat sie all die Jahre hindurch auch immer, für und zum Wohle ihrer ganzen Familie.

»4:50 from Paddington« von Agatha Christie, der »Queen of Crime« (Beck, 2014, 89), erscheint als Charlotte im

Volksschulalter ist. Sie wird später viele dieser Romane lesen oder als Krimiverfilmungen mit Margaret Rutherford als schrullige Miss Jane Marple anschauen. In »Murder at the Vicarage« sagt sie Folgendes: »The young people think the old people are fools, but the old people know the young people are fools.«[3]

1961 erscheint der Film »Frühstück bei Tiffany« mit Audrey Hepburn in der Hauptrolle, die in jeder schwierigen Lebenslage vor dem Juweliergeschäft Tiffany in der Fifth Avenue landet, dem einzigen Ort auf der Welt, an dem sie sein will. Wir werden diesen Film alle viele Male sehen, genauso wie »Arsen und Spitzenhäubchen«

John F. Kennedy wird am 22. November 1963 in Dallas erschossen. Seine Frau Jackie Kennedy sitzt im Cabrio neben ihm, als die Schüsse fallen. Die Bilder der schwarzen Witwe mit den beiden kleinen Kindern an der Hand gehen um die Welt. Die First Lady in ihrem modischen Stil wird später den 23 Jahre älteren griechischen Reeder und Milliardär Aristoteles Onassis heiraten und erhält den Spitznamen »Jacki O«. Sie wird unter die 100 mächtigsten Frauen des 20. Jahrhunderts gewählt, scheint aber unglücklich. Sie und Onassis sehen sich angeblich selten. Er

---

[3] auf http://www.azquotes.com/quote/370072

ist der Callas zugetan und stirbt 1975, Jacqueline „Jackie" Lee Bouvier Kennedy Onassis stirbt 20 Jahre später in New York.

1964, als das Arbeitskräfteanwerbeabkommen zwischen Österreich und der Türkei unterzeichnet wurde und niemand ahnte, dass wir 50 Jahren später mit der ersten, zweiten und dritten Einwanderer-Generation konfrontiert sein werden, besuchte meine Oma Charlotte gerade das Gymnasium. Sie war ein quirliger und widerspenstiger Teenager, besser gesagt ein Backfisch, als Udo Jürgens 1966 mit »Merci, Chérie« den Eurovision Song Contest in Luxemburg gewann, nachdem er zuvor mit »Warum nur warum?« den sechsten, und 1965 mit »Sag ihr, ich lass sie grüßen« den vierten Platz holte.

Im Sommer 1966 treffen sich zwei schwedische Musiker zufällig auf einer Party. Diese beiden Schweden und ihre Frauen bescheren uns später DIE Musik unserer Jugendjahre, ABBA. Benny Andersson, Anni-Frid Lyngstad, Agnetha Fältskog und Björn Ulvaeus werden später in jeder Disco, in jedem Kinder- und Jugendzimmer und in jedem Walkman auf- und abgespielt.

Nach vier Jahren Ortsgymnasium wechselte Charlotte auf das Pädagogische Gymnasium in der nahen Provinzstadt, das bessere Voraussetzungen bot um Lehrberufe auszubilden. Das musisch-pädagogische Realgymnasium war das

Aufbaugymnasium für angehende Pädagoginnen. Charlotte war 14 Jahre alt, als sie dort die musikalische Aufnahmeprüfung machte. Dabei musste sie singen und einen Takt nachklatschen. Das war ein Klacks für sie. Sie war sich ihrer Sache sicher und der weitere Weg lag sonnenklar vor ihr. Sie wählte Klavier, weil ihre Mutter einen Flügel besaß. Heute spielt sie eigentlich nicht mehr. Schade. Doch in den Klassenzimmern der vergangenen Jahrzehnte spielte sie gelegentlich einfache Melodien auf dem Keyboard vor. Ich stelle sie mir vor, wie sie die Melodie für einen Kanon vorspielt, einen einfachen Zweizeiler: »Es tönen die Lieder, der Frühling kehrt wieder. Es spielet der Hirte, auf seiner Schalmei. La La La La..«[4] einmal, zweimal, dreimal, um anschließend den Takteinsatz mit der rechten Hand anzuzeigen und die erste Kanongruppe in die Melodie einstimmt. Dann stimmt die zweite, die dritte Gruppe in den Kanon ein. Meine Oma legt ihre Hand an ihr Ohr und horcht, wer es denn ist, der den Ton nicht halten kann. Manche haben einfach kein Gehör und können sich nicht auf ihre Melodie konzentrieren. Sie lassen sich von den anderen ablenken. Die Lehrerin aber hört aufmerksam hin und versucht herauszufinden, aus welchem Munde der falsche Ton kommt. Ich kann sie deutlich vor mir sehen. Ich glaube, wer sich im Schulkanon nicht ablenken lässt,

---

[4] Es tönen die Lieder, Volkslied, 19. Jh.

kann sich auch später im Leben auf das Wesentliche konzentrieren und lässt sich nicht beirren. Doch so weit sind wir noch nicht.

1967 erscheint ein späteres Lieblingslied meiner Mutter: »Was ich dir sagen will ..« von Udo Jürgens. Der Text stammt übrigens – wie einige andere auch – von Joachim Fuchsberger. Ein ausgewählte Textpassage aus diesem wunderschönen Lied von Udo bzw. Joachim muss hier leider entfallen. Die Verantwortlichen seines Managements [UJ] in Berlin befürchteten - auf meine Anfrage hin [2015] - eine »Verramschung« dieses Songs.

Doch zurück in die späten Siebziger: 1967 beginnt der Biafra-Krieg. Millionen Menschen, vor allem Kinder, sterben den Hungertod. Die Großmächte USA und Sowjetunion stehen sich im Kalten Krieg[5] gegenüber, die Skipiste Hohe-Wand-Wiese in Wien ist Austragungsort des weltweit ersten Parallelslaloms und: »wer Lehrerin werden will, lernt besser Gitarre oder Akkordeon«.

---

[5] Kalter Krieg, Ost-West-Konflikt, 1947 – 1989, wird zwischen den Westmächten (v.a. USA) und dem Ostblock (v.a. Sowjetunion) ausgetragen, auch Systemkonfrontation zwischen Kapitalismus und Kommunismus

Das damalige Pädagogische Gymnasium war voll von Musik und Prominenz. Spätere Bezirksschulinspektoren, Landesschulinspektoren, Politiker, sogar Abgeordnete zum Nationalrat absolvierten dort ihre Berufsausbildung. Einer von ihnen, ein SPÖ-Politiker, erhielt 2004 gar das Große Goldene Ehrenzeichen für Verdienste um die Republik Österreich. Solche chicen beruflichen Ambitionen und großen Avancen hatte meine Oma nicht, obwohl ich sie für sehr ehrgeizig halte. Sie wollte unterrichten. Das blieb bis heute so. Unterrichten ist ihre Leidenschaft. Sie würde die erste Lehrerin in ihrer Familie werden und darauf konnte sie stolz sein.

Die heranwachsende Charlotte war durchaus eine interessante Partie und konnte vermutlich zwischen mehreren ernsthaften Bewerbern wählen. Sie wählte Opa.
Der tatkräftige und fleißige junge Mann hatte es ihr wohl angetan und Wolfhart war und ist ein liebenswerter Mensch, dem nicht nur die eigene Familie viel zu verdanken hat. Er wurde ein guter Vater, der die drei Kinder auf ihren Wegen bestärkte und unterstützte und er schien in seiner ruhigen aber willensstarken Frau die Ergänzung zu seiner eigenen Persönlichkeit gefunden zu haben. Es war sicher eine Liebesheirat.

Jeans, Schlaghosen und lange Haare

In den 60er-Jahren ist Berlin als geteilte Stadt Zentrum und Symbol des Kalten Krieges, die Frauen entdecken die Pille und den Minirock, während die Werbefilme die Atmosphäre der Zeit wiederspiegeln. Aus den Radios dröhnen Bill Ramsey und Jimi Hendrix und die Jugendlichen ärgern ihre Eltern mit Beatles-Frisuren und Twist. Die Jungen streben nach ihren eigenen Idealen und stehen auf, gegen Establishment und Konformismus. Es entflammt nicht nur ein Generationenkonflikt, es ensteht auch und viel mehr eine weltweite Protestbewegung die Europas Jugend, vor allem die Studentenschaft auf die Straßen treibt. Neues Denken kündigt sich an. Religion tritt in den Hintergrund. Der Einzelne rückt in den Mittelpunkt. In Jeans, in Schlaghosen und mit langen Haaren entwickelt sich eine linksgerichtete Bewegung, die später 68er-Revolution genannt wird. Während sie zu wilder Beatmusik tanzen, zieht sich durch die Gesellschaft ein Generationenbruch: Jung gegen Alt. Viele wenden sich nun gegen die Autoritäten, gegen die Wirtschaftsmächte, man kämpft gegen die Benachteiligung von Frauen, gegen den Konsum generell und gegen Umweltverschmutzung, gegen

Konventionen, Normen und Werte sowieso. Die Jungen begehren auf und widersprechen.

In den 68ern passiert noch viel Fundamentaleres: Man propagiert die ‚freie Liebe' und eine ‚unverkrampfte Sexualität'. Später wird der immer mehr ausgelebte Sexualtrieb die Bindungsfähigkeit der Menschen verringern und langfristig die Institution Ehe von innen heraus schwächen. (vgl. Reichel, [Michels], 2014, 167)

Die 68er-Leute haben zwar heute keinen Humor mehr, haben aber gesellschaftspolitisch einiges von dem, was wir heute spüren mitzuverantworten.

Wir haben es wohl mit den 8ern: 1848, 1918, 1938 und nun auch noch 1968. In all diesen Jahren passierten Dinge, die langfristige Veränderungen auslösten. (vgl. Ebner et al., 1998, 9)

Vorbilder wie James Dean in »Denn sie wissen nicht, was sie tun« oder Marlon Brando in »The Wild One« waren maßgebend.

Eine Amerikanisierung der Jugend beginnt. Die goldenen Zeiten des Rock`n Roll stiften Unruhe und die Erwachsenen, v.a die Eltern sorgen sich.[6]

---

[6] ebd. 20

Ab den 60er-Jahren fängt auch das mit der Mitbestimmung an. Die Leute mischen sich immer mehr - auch politisch - ein. Dadurch entstehen ja erst die Bürgerbewegungen. Man bleibt nicht mehr nur passiver Demokrat, man nimmt teil. Man partizipiert. Allerspätestens mit dem Internet - ab den 90ern - wird dann in allen Bereichen mitgeredet werden und die bisherigen lediglichen Empfänger werden alle zu Sendern werden ..

Doch 1968 protestiert man in den USA noch gegen den Vietnamkrieg und der amerikanische Führer der Schwarzen, Martin Luther King kämpft gegen soziale Ungerechtigkeit und Rassendiskriminierung. Dafür wird er mit dem Friedensnobelpreis geehrt. Mit den Worten »I have a dream .. « schreibt er Geschichte und wird am 4. April 1968 erschossen.

In Deutschland und Frankreich fliegen die Pflastersteine und auch in Österreich laufen die Uhren anders und es verändert sich einiges. (vgl. Ebner et al., 1998)

Die Ära Kreisky beginnt. Die Grünen UND die Frauenbewegungen formieren sich. Auf den Universitäten kommt es zu Unruhen und unser Alltag, vom Musikgeschmack bis hin zu den allgemeinen Umgangsformen, sähe ohne die Studentenbewegung heute möglicherweise ganz anders aus. Es kommt etwas in Bewegung.

»Dieser aufrührerischen Jugend stand [übrigens] ein Bildungssystem gegenüber, das sehr statisch war. [..]« (Ebner et al., 1998, 20) Es zeichneten sich dabei kaum progressive Tendenzen ab. Zu erwarten hatte die Jugend nur »die Vermittlung von Kenntnissen und Fertigkeiten zur rationalen Verwaltung und Produktion von Arbeitsvermögen«, was nicht immer die Begeisterung der Schüler hervorrief.[7]

Dies deckt sich auch ziemlich genau mit den Erzählungen unserer Mütter und Väter und rückblickend wird selbstverständlich einiges klarer. Doch das hilft uns wenig.

Durch den Ostblock schleicht eine Demokratisierungswelle. Die Tschechoslowakei wird liberaler und eine kritische Öffentlichkeit kämpft für wirtschaftliche Reformen und Pressefreiheit. Doch der Warschauer Pakt[8] sieht die Einheit des Ostblocks bedroht. Im August 1968 rollen 7000 Panzer aus der Sowjetunion, der DDR, aus Bulgarien, Ungarn und Polen über die Grenzen der CSSR. Die Stimmung kippt. Die Besatzer schießen in die aufgebrachte Menge. 72 Menschen sterben. Viele werden

---

[7] ebd.
[8] Warschauer Pakt, Warschauer Vertragsorganisation (WVO), ein von 1955 bis 1991 bestehender militärischer Beistandspakt des Ostblocks unter der Führung der Sowjetunion

schwer verletzt. Der Prager Frühling[9] ist blutig niedergeschlagen. Die Sowjets ziehen ihre Truppen erst 23 Jahre später, 1991, vollständig ab.

Der Astronaut Neil Alden Armstrong betritt 39-jährig am 21. Juli 1969 als erster Mensch den Mond, während mitten in den Wilden Siebzigern, genauer im Mai 1970, mit dem Bau unserer neuen Volksschule begonnen wird. Die alte Schule war in den beiden Weltkriegen beschädigt worden. Ab 1969 begann man mit den Plänen für einen Aus- und Neubau, der schließlich mehrere Millionen Schilling kostete. Zu Schulbeginn 1971 ging die neue Schule dann in Betrieb und auf der Erde leben fast 4 Milliarden Menschen.

Das Bild der wilden Siebziger zeichnen Miniröcke, Hippies mit langen Haaren und bunter Kleidung und ein Lebensgefühl der vollkommenen Freiheit. In Wohngemeinschaften probiert man neue Lebnesformen aus und die Discowelle lockt die Jungen in die Tanzschulen. Die Musik von Daliah Lavi, Vader Abraham, Nina Hagen, Michael Holm und Village People prägen den Sound der frühen siebziger Jahre. Die Trimm-Dich-Bewegung löst eine

---

[9] Prager Frühling, Bemühungen der tschechoslowakischen Kommunistischen Partei (KPČ) im Frühling 1968 ein Liberalisierungs- und Demokratisierungsprogramm durchzusetzen und der Versuch einer Formierung einer kritischen Öffentlichkeit

Fitnesswelle aus und das »Jahr der Frau« will mit den alten Klischees (endlich) aufräumen. Im Fernsehen läuft DIE Unterhaltungsshow der 70er-Jahre, Rudi Carrell mit »Am laufenden Band« während im Radio Peter Alexander mit »Hier ist ein Mensch«, Daliah Lavi mit »Oh wann kommst du?« und Udo Jürgens mit »Zeig mir den Platz an der Sonne« zu hören sind.

Charlotte ist mit ihrer Berufsausbildung beschäftigt, während viele mit großen, breiten, bunten Hemdkrägen, vorzugsweise in orange oder grün in den Discos bei Rod Stewarts »I Don't Want to Talk About it« zueinander finden.

Die Ausbildung

Sie war im ersten Jahrgang, der statt fünf nur vier Jahre Ausbildung erhielt, um anschließend dann für die nächsten zwei Jahre eine Pädagogische Akademie zu besuchen. Als sie 1971 maturierte, war unser Onkel Manuel schon existent, quasi dabei, jedenfalls in den Gedanken meiner Oma. Das erste Kind war unterwegs. Obwohl hochschwanger, startete sie im September mit der Pädagogische Akademie.

Charlotte fuhr täglich mit der Bahn die weite Strecke, marschierte eine halbe Stunde und mehr zwischen Bahnhof und Schule hin und her und konzentrierte sich auf den anspruchsvollen Unterricht. Sie tat das bis wenige Tage vor Manuels Geburt. Er kam 1971 als ihr erstes Kind zur Welt und sie verbrachte danach wenige Wochen zuhause. Beschäftigt war sie jedoch mit dem Nachholen von Unterrichtsstoff. Ein hartnäckiger, unnachgiebiger Professor versteifte sich gar auf das justamente, explizite Nachholen einer versäumten Doppelstunde. Meine Oma erfüllte alle Notwendigkeiten, um kein Ausbildungsjahr zu verlieren und behielt ihr Ziel im Auge.

Unsere neue Volksschule war fertig und nahm 1971 mit 120 Kindern in den neuen hellen Klassenräumen samt großer

Turnhalle ihren Betrieb auf. Damals war sie die modernste Pflichtschule im Bezirk und sie sollte, so die pädagogische Vorstellung, ein gutes und gesundes Zuhause für die ersten Lernjahre der Kinder werden. Ich glaube, das wurde sie auch.

Oma und ihre junge Familie wohnten damals in der Komponistengasse. Heute wohne ich mit meinem Eltern in genau diesem Haus. Die Kinderbetreuung war durchorganisiert. Omas Mama, die selbst berufstätig war, aber in fortschrittlicher Weise schon einen Führerschein besaß, brachte den kleinen Manuel täglich früh morgens zu Omas Schwiegermutter, die alle liebevoll Mutti nannten. Danach fuhr sie an ihren Arbeitsplatz in die Bank. Manuel blieb bei Mutti bis zum späten Nachmittag. Oft kamen sie erst abends heim. Die beiden Omas hatten sich das zuvor ausorganisiert und jeder der Beteiligten erfüllte seine eigene, wichtige Rolle innerhalb der Betreuungskette, in der nichts schief gehen durfte. Eigentlich war das damals genauso, wie es heute bei mir ist.
Charlottes Mutter starb 2007, meine andere Urlioma 2013. Sie hatte immer tiefes Gottvertrauen und ich glaube Oma verehrte sie sehr.

Die Jahre um 1973 sind außerdem von der ersten großen Ölkrise gekennzeichnet. Der Ölpreis wird von der OPEC[10] um 70 Prozent angehoben, die Auswirkungen sind weltweit massiv zu spüren. Asien und Europa rücken näher zusammen: In Istanbul eröffnet der Staatspräsident Fahri Korutürk die Brücke über den Bosporus. In Amerika wird im selben Jahr das New Yorker World Trade Center eröffnet.

Charlotte beendete Ihre Ausbildung, sie war nun Volksschullehrerin und durfte unterrichten. Viele Absolventen entschlossen sich anschließend für ein geisteswissenschaftliches Studium. Meine Oma nicht.

---

[10] OPEC, Organization of the Petroleum Exporting Countries, Organisation erdölexportierender Länder, gegründet 1960 in Bagdad

Der 1. September

Die junge, frischgebackene Lehrerin brachte am 1. September ihre erste Unterrichtsstunde in einer 1. Klasse Volksschule hinter sich. Die wartenden Raubtierchen, namens Schüler und Schülerinnen stürzten sich auf die angstschweißgebadete junge Lehrerin? Wohl kaum! »Es war nicht wirklich tragisch. Ich hatte Glück. Meine erste Klasse war ein sanfter Einstieg.«, erinnert sie sich an ihren allerersten Unterrichtstag. Sie war wohl naturgemäß nicht groß genug um den Überblick zu behalten, doch keineswegs zu unterschätzen und sie war bereit, sich dem was kam vorbehaltlos zu stellen und selbstverständlich hatte sie ihrer ersten selbstständigen Lehrtätigkeit entgegengefiebert und sich darüber gefreut, endlich eine eigene Klasse zu unterrichten. Diese Volksschule war damals eine Schule mit einem Direktor vom alten Schlag. Er war korrekt und gerecht. Die Kinder wussten genau, wo ihre Grenzen waren und er stand hinter seiner Lehrerschaft. Voll und ganz. Da wusste sie, es war die richtige Entscheidung gewesen, an der sie ihr ganzes Berufsleben lang niemals zweifeln würde. Sie hätte nie etwas anderes machen wollen als Kinder zu unterrichten.

Nach einigen Tagen Unterricht wechselte sie in eine 4. Klasse. Danach unterrichtete sie drei 4. Klassen in Folge.

Zwischendurch musste sie für etwa ein Jahr in eine Hauptschule wechseln und unterrichtete zwölf verschiedene Gegenstände, war immer in einer anderen Klasse und hatte es mit ständig wechselnden Altersstufen zu tun. Die Kinder waren zwischen zehn und 14 Jahre alt und in einem schwierigen Alter. Sie fand sich selbst plötzlich in einem zweiten Klassenzug mit 37 Kindern, die von sexueller Aufklärung bereits mehr wussten, als sie selbst. Als Volksschullehrerin, von der man wusste, die würde dort nicht bleiben wollen, wurde man leider auch in die Klassen eingeteilt, die andere Lehrkräfte nicht so recht haben wollten. Das war nichts Ungewöhnliches. Sie unterrichtete dort Mathematik, Geographie, Zeichnen, Geschichte, technisches Werken und Biologie in einer zweiten und vierten Klasse und die Unterrichtsstimmung war eine komplett andere, als sie es sich gewünscht hätte. Sie versuchte sich genauso hineinzuknien und ihre Sache gut zu machen, war jedoch heilfroh als sie davon erlöst wurde. In der Hauptschule wolle sie keinesfalls bleiben. Das war nicht ihre Welt.

Bruno Kreisky verfasst in den 70ern, während er sein zweites Kabinett zusammenstellt, für den Express einen Bericht über ein Udo-Jürgens-Konzert und äußert sich dazu so: »Donnerstagabend war ich bei Udo Jürgens in der Stadthalle. Es war gar nicht leicht, mir die Zeit dafür freizumachen. Aber ich bin froh, dass ich's getan habe.«[11] Kreisky bemerkt weiters, » .. seine Lieder handeln von kleinen Dingen des Lebens, von denen, die so wichtig sind zwischen den Menschen .. « [..] »Dann plötzlich aber wird er [UJ] ganz ernst, ganz leise, ganz eindringlich und anklagend zugleich. Ein Bekenntnis mitten im Trubel des Abends: ‚Ich glaube, diese Welt müsste groß genug, weit genug, reich genug für uns alle sein.'«[12] Beim Hinausgehen aus der Stadthalle, sagt ein Älterer zu Kreisky, »Der Udo Jürgens, der weiß, wie er sein Geld verdient.« Kreisky antwortet »Ja, aber er verdient sich's auch!«[13]

Welchen Musiker würde unser Bundeskanzler heute wohl mit einem solchen Text ehren?[14] Würde unser Bundeskanzler sich überhaupt derart unters Volk mischen?

Udo Jürgens jedenfalls wird auch ein halbes Jahrhundert später nach wie vor einer der wichtigsten, besten und größten Entertainer und Musiker im deutschsprachigen Raum sein. Und er ist nicht zugekauft, er ist tatsächlich Österreicher.

---

[11] auf http://www.falter.at/falter/2014/09/23/unterm-bademantel-gaensehaut/
[12] ebd.
[13] ebd.
[14] aus dem FALTER 39/14, Rezession von Sebastian Fasthuber, 24.09.2014, 27

Ab 1970 kommt langsam das Farbfernsehen in die Haushalte. Die Testbilder von FS1 und FS2 ab Sendeschluss um Mitternacht kennt man heute gar nicht mehr. Zwischen Mitternacht und 8 Uhr früh gibt es KEIN Unterhaltungsprogramm im Fernsehen, bevor am nächsten Tag um 09:00 mit AM DAM DES die Sendungen wieder beginnen. AM DAM DES spricht Vorschulkinder an, die keinen Kindergarten besuchen (können). Mit Liedern, Geschichten und Bastelanleitungen und der Titelmusik »AM DAM DES, diese male press – diese male pumperness – AM DAM DES« werden die Kinder von Ingrid Riegler durch die Sendung geführt und vom Clown Habakuk und von Enrico alias Heinz Zuber mit seinem berühmten Pfiff und seinem »Soll ich sagen? Ich sag nicht!«, »Ich sag niiicht!« bespaßt.

Meine Mutter sieht zu dieser Zeit immer den »knallroten Autobus« und singt gerne mit: »Fahr mit, mit dem knallroten Autobus, wir haben sehr viel Platz, für Hund und Katz und Spatz. Fahr mit, mit dem knallroten Autobus, bei uns passt jeder rein, ob groß ob klein [..] wir wollen lachen, lernen, lesen, schreiben, rechnen [..] Fahr mit .. «.[15]

---

[15] Der knallrote Autobus, TV-Kinderserie, wird 1974 bis 1976 in 52 Episoden ausgestrahlt

Ab 1974 wird die Geschichte der kleinen Heidi erzählt, die bei ihrem Großvater in den Schweizer Alpen lebt und dort unbeschwerte Tage mit dem Geißenpeter beim Ziegenhüten verbringt. Die Kinder, die zusehen glauben tatsächlich, so ein unbeschwertes Leben könne es wahrhaftig geben. Meine Mutter konnte auch niemals begreifen, warum Pinocchio dem alten Tischler Gepetto immer davonlief, um sich mit dem Fuchs und dem räudigen Straßenkater herumzutreiben, wo es ihm beim Gepetto doch so gut ging .. ? Das konnte meine Mutter - damals 6 Jahre alt – nie verstehen. Bei Pinocchio und auch vor allem bei Lassie, dem intelligenten Hund, musste sie immer weinen, bevor dieser aus allerlei Gefahren dann doch noch rechtzeitig gerettet werden konnte.

Während die Honigbiene Maja durch ihre Comicserie fliegt, fahren die Eltern ihre Kinder ohne Airbags und ohne Kindersitze im Auto spazieren,   von Helm- oder Gurtenpflicht ganz zu schweigen. Im Radio macht uns niemand ständig darauf aufmerksam, dass »die folgende Sendung Produktplatzierungen enthält«, wir wissen nämlich, dass wir von Werbung umgeben sind, währenddessen die Kinder der 70er und 80er tatsächlich und ungehindert mit chinesischem Plastikspielzeug nebst schädlichen Blei- und Cadmiuminhaltsstoffen spielen. Klosterfrau Melissengeist, manchmal auch Eierlikör (frei nach

Monika Gruber[16]), helfen bei kleinen Unpässlichkeiten und wenn Kinder in der Schule schlechte Noten kassieren, dann werden die Kinder, und nicht die Lehrer von den Eltern geschimpft. Ins Gymnasium gehen nur die, die tatsächlich gute Noten haben und die Kinder der Ära haben Freiheiten, Erfolge, Misserfolge und Verantwortung für ihr Tun.[17] Für die Generation der ab-1990-Geborenen wird sich das später heftig ändern.

1974 tritt das schwedische Quartett ABBA mit »Waterloo« beim Grand Prix D'Eurovision im englischen Brighton an und gewinnt. Sie sind nicht mehr zu stoppen, obwohl sie in ihrer Heimat Schweden zuerst – angeblich - gar nicht so recht ankommen.

Bis 1982 verkaufen die Schweden angeblich weit über 180 Millionen Schallplattten. Nach den Beatles sind sie damit wohl die erfolgreichste Gruppe in der Geschichte der Plattenindustrie. Sie bilden ein Genre für sich, treten niemals abgehoben auf, und die Jugend der Zeit kann sich mit »SOS« (1975) und Can you hear the drums,.. »Fernando« (1976) .. I remember long ago another starry night like this .. , oder mit »Take A Chance On Me« (1978), genauso wie mit »The Winner Takes It All« (1980) einfach total identifizieren. Jeder hat zuhause eine Schallplatte von ABBA. Auf der »Super Trouper«

---

[16] Monika Gruber, deutsche Kabarettistin und Schauspielerin, *1971
[17] vgl. ebd.

Langspielplatte befindet sich ein absoluter Lieblingssong meiner Mutter: »ANDANTE, ANDANTE«. Dieses verträumte Arrangement wurde zwar weniger bekannt, geht aber tief unter die Haut. Bis heute ist das so.

Die ausgefallenen bunten und poppigen Kostüme gefallen, sind hipp und die Gruppe begeistert einfach mit Leichtigkeit und Melancholie. Unzählige ABBA-Poster sind den BRAVOs[18] der 80er beigeheftet. Alle Jungen lesen BRAVO. Das Heft empört, entzückt UND lässt Lehrer verzweifeln. BRAVO ist Jugendkultur und damals das einzige Medium, dass wenigstens einige der brennenden Fragen *etwas* erhellt. Dabei geht es nicht immer nur um Sex, sondern um Aufklärung und »Dr. Sommer« erfüllt durchaus eine wichtige Aufgabe, denn BRAVO ist bis 1996 die größte Jugendzeitschrift im deutschsprachigen Raum.

Die ABBA-Erfolgsgeschichte ist schon viel früher vorbei und bald Geschichte. 1981 wird das letzte Album aufgenommen, die letzten Singleauskoppelungen sind »Under Attack« und »One Of Us«, während die vier Schweden im Dezember 1982 letztmalig gemeinsam auf einer Bühne stehen. Jeder mögliche Wiedervereinigungsversuch wird fehlschlagen und sie werden alle zukünftigen Angebote ablehnen.

---

[18] BRAVO, Jugendzeitschrift, erscheint im deutschsprachigen Raum erstmalig 1956

ABBA werden niemals mehr gemeinsam auf einer Bühne stehen.

1975 kam Omas zweites Kind Manfred zur Welt. Sie blieb drei Monate zuhause, verbrachte dann einige Wochen in einer Sonderschule, bevor sie – endlich drei Jahre am Stück – in einer nahen Volksschule unterrichten konnte. Manfred verbrachte seine Vormittage auch bei Mutti, mittags wurde er von Charlotte abgeholt und sie fuhren gemeinsam heim. Seit 1975 besaß sie ihren Führerschein und die junge Familie begann in der Adriastraße zu bauen ..

Was geschieht noch: Niki Lauda wird mit Ferrari Formel 1 Weltmeister. Ein Erdbeben der Stärke 7,0 in der Volksrepublik China fordert 10 000 Tote. Bill Gates und Paul Allen gründen die Firma Microsoft. Nach den Nationalratswahlen wird die SPÖ mit Bundeskanzler Kreisky stimmenstärkste Partei. In den Hitparaden laufen »Griechischer Wein« von Udo Jürgens, »Deine Spuren im Sand« von Howard Carpendale und »Wann wird´s mal wieder richtig Sommer?« von Rudi Carrell. Und: »Jö schau .. «, eine Persiflage über einen Flitzer im Cafe Hawelka von Georg Danzer erscheint. Der Austropop wird geboren.

Auch die Welt der Spanier verändert sich 1975 gravierend: Spaniens Führer, der General, Staatschef und Diktator Francisco Franco stirbt in Madrid. Damit geht eine (weitere) europäische

36-jährige Diktatur zu Ende. Der zwei Tage danach als König von Spanien eingesetzte Juan Carlos setzt sich für die Demokratie im Land ein. Er wird fast 40 Jahre später - im Juni 2014 - zu Gunsten seines Sohnes Felipe abdanken.

»Dancing Queen« wird zu Ehren von Königin Silvia von Schweden im Fernsehen uraufgeführt. Der Song wird zum Disco-Klassiker. Agnetha Fältskog äußert sich in einem Interview angeblich mit »Dancing Queen was an exception. We knew immediately it was going to be massive.«[19]

Die englische Autorin Agatha Christie stirbt 1976 im Alter von 85 Jahren im Winterbrook House in Wallingford, Oxfordshire. Ein Jahr später erscheinen ihre Lebenserinnerungen »An Autobiography« [Meine gute alte Zeit]. (vgl. Beck, 2014, 91) Sie zählt zu den erfolgreichsten Autorinnen der Literaturgeschichte. Der belgische Detektiv Hercule Poirot und die altjüngferliche Jane Marple sind ihre berühmtesten Schöpfungen. Meine Mutter liebt »Death on the Nile[20]« (1937) am meisten.

---

[19] Agnetha Fältskog im Interview in: The ABBA Story - The Winner Takes It All. Dokumentation 1999
[20] Death on the Nile, erscheint 1937, spielt überwiegend in Ägypten auf einem Nildampfer

Ab 1976 wird »Kottan ermittelt« gedreht. Die Musik der ersten Folgen stammt von Danzer. Später werden Oldies von Elvis Presley und den Beatles verwendet, die Bezug auf das Geschehen nehmen. Es entsteht beispielsweise eine Szene, in der Polizeipräsident Pilch den verhassten Kaffeeautomaten auf den Hügel einer Deponie schleppt. Er tut dies unterlegt mit dem Song »The Fool on the Hill« von den Beatles. Der Running Gag mit der Autotür zieht sich durch alle Folgen. Ein ständig unüberlegtes Aufreißen von Polizeiautotüren, meist durch Kottans Assistenten Alfred Schrammel, demoliert unzählige weiße Polizeikäfer, Renault R4, VW Golf, VW Bus, Jetta oder Fords mit der Aufschrift Notruf 133, und ständig liegen abgerissene Autotüren auf der Fahrbahn. In einer Szene sagt Kottan nach dem Einsteigen leise zu Schrammel: »Pass auf mit der Tür, sonst kugelt wieder ein Passant durch die Gegend!« Und prompt: fliegt ein Radfahrer über Schrammels Tür.

Die Serie hat überhaupt einen großen Verschleiß an Schrottautos. Neben Schauplätzen in Wien wird oft am Kahlenberg, am Buchberg sowie in und vor der Alten Kaserne, die dann 1990 abgerissen werden wird, gedreht. In ihr befinden sich damals heruntergekommene Sozialwohnungen, die als geeignete Drehorte dienen. In einer Szene wird Kottan von der Russischen Mafia samt Telefonzelle, in der er sich gerade befindet, an einer Kette befestigt und über die Straße fortgeschliffen. Meine Mutter ist gerade im Volksschulalter und verfolgt die Dreharbeiten als Zuschauerin.

Kottans Kapelle wird später dann (1984) gemeinsam mit dem Fußballeridol Hans Krankl den Song »Rostige Flügel« aufnehmen und es kommt auch zur Zusammenarbeit zwischen Lukas Resetarits und der österreichischen Punkrockband Drahdiwaberl (Lonely), die wiederum 1983 - von Falco, dessen Karriere als Bassist bei Drahdiwaberl begann, und allen anderen *guten Geistern* verlassen - »PLÖSCHBERGER« herausbringen. »PLÖSCHBERGER« wird zum Protestsong gegen pädagogischen Autoritätsverlust und proklamiert die Wiedereinführung von autoritären Erziehungungsmaßnahmen. Nur durch Zucht, Ordnung und Disziplin könne schließlich in Schulen unterrichtet werden, ansonsten der Lehrerstand eher langfristig verzweifeln würde ..

»Früher war's für'n Lehrer leichter
's Rohrstaberl hat regiert
war ein Schüler frech
dann hat er (AU!) niemand mehr sekkiert
Heute hat's der Lehrer schwer
strafen darf er nimmer mehr
ich kann das nicht mit ansehen
die Schule verliert ihr Ansehen
Drum sind mir die Gesetze gleich
denn die Schule ist mein Reich [..]«

»PLÖSCHBERGER
Noch gilt das Lehrerwort
PLÖSCHBERGER
Brauchst gar nicht lachen dort
PLÖSCHBERGER
Steh auf, ich red mit dir
PLÖSCHBERGER
Glaub ja nicht, dass ich diesen Schwachsinn
hier noch länger tolerier«
»Fragt man nach dem großen Goethe
wird es in der Klasse stad
Arme Schule, arme Schule
die kennen nur das Götz-»Zitat«..«

Auszug aus »PLÖSCHBERGER«[21] [von Drahdiwaberl]

Doch zurück in die späten 70er: Udo Jürgens haut mit »Boogie Woogie Baby« auf den Putz, nimmt sein wahrscheinlich allerschönstes Album auf, »Udo '80«, und zieht in die Schweiz.

---

[21] mit freundlicher Genehmigung von Drahdiwaberl, 2014;
»PLÖSCHBERGER« erschien 1983 auf der LP Werwolfromantik

»The King«, Elvis Presley stirbt am 16. August 1977 in Memphis, Tennessee im Alter von 42 Jahren an Herzversagen. Junge und alte Fans brechen in Tränen aus.

Seine Tochter Lisa Marie Presley wird später (1994) den King of Pop Michael Jackson heiraten, und Jackson wird damit zu Elvis' Schwiegersohn werden. Unglaublich eigentlich.

Während die ÖsterreicherInnen 1978 die Inbetriebnahme des Kernkraftwerks Zwentendorf per Volksabstimmung ablehnen und die Anlage niemals ans Netz gehen wird, feiert Kanzler Kreisky Wahltriumphe. Das Areal des AKW's verschlingt später Unmengen an Liquidierungskosten, nachdem es zuvor Millionen an Instandhaltungskosten benötigte. In Summe wohl eine einzige Verschwendung und keine spätere Nutzung des Areals kann meines Erachtens die unnötigen Ausgaben je auch nur annähernd rechtfertigen. Und während Zwentendorf bei Herrn und Frau ÖsterreicherIn etwas verändert, was einige Jahre später genauso bei der Besetzung der Hainburger Au deutlich spürbar wird, nämlich dass nun der künftige Konflikt zwischen Ökologie und Ökonomie erst richtig beginnt, formiert sich eine neue Partei, Die Grünen.

30 Jahre später - im Dezember 2014 - werden Die Grünen Hainburg besuchen und sich in der damals besetzten

Stopfenreuther Au fotografieren lassen. Die Parteichefin, damals gerade im Teenageralter, war bei den Demos 1984 wohl aber *noch nicht* dabei.

Der polnische Kardinal Karol Wojtyla wird 1980 zum Papst Johannes Paul II. gewählt, der Erste Golfkrieg im Iran und Irak beginnt und unsere kleine Familie zieht in das neue Haus in der Adriastraße ein ..

Das dritte Kind und *Der Falke*

Charlottes nächste Station war *meine spätere Volksschule*, in der sie einige Zeit unterrichtete, bevor ihr drittes Kind Mathilda zur Welt kam. Obwohl gerade die Mädchennamen Stefanie, Nadine oder Sandra modern waren, blieben Oma und Opa wie immer konstant und linientreu bei einem M-Namen, nämlich Mathilda.

Im Radio plärren Shakin' Stevens mit »You Drive me Crazy« und Kim Wilde mit »Kids in America« während Popper, Punks, New Wave, FKK-Clubs und die Aerobic-Welle das Land und die Leute der 80er erfassen. In den USA wird der 40. US-Präsident im Amt vereidigt: Ronald Reagan, der als politischer Hardliner bezeichnet wird, denn nicht etwa die Entspannungspolitik seiner republikanischen Vorgänger Nixon und Ford, sondern als Sieger aus dem Rüstungswettlauf gegen den Warschauer Pakt hervorzugehen, das ist anscheinend seine Linie.

Mit der lachenden Sonne »ATOMKRAFT? NEIN DANKE®«[22] formiert sich die Anti-Atomkraft-Bewegung in Europa, die sich gegen die Nutzung von Kernenergie wendet und niemand ahnt, dass ein atomarer Megagau bevorsteht.

---

[22] Die »Lachende Sonne« ist das Logo der Anti-Atomkraft-Bewegung, ab 1975

Vom US-Seuchenschutz wird erstmals ein Bericht über eine Immunschwächekrankheit veröffentlicht – AIDS. Die Meldung wird weltweit noch kaum wahrgenommen. Mit großer Anteilnahme wahrgenommen hingegen wird eine Hochzeit im britischen Königshaus. Prinz Charles heiratet am 29. Juli 1981 Lady Diana Spencer. Ein Autofahrer durchbricht mit seinem PKW die Berliner Mauer, währenddessen wird die US-Serie Dallas erstmalig ausgestrahlt. Der Wiener Stadtrat Heinz Nittel wird von einem Palästinenser erschossen und »Wetten, dass..?« mit Frank Elstner kommt ins Fersehen und wird später mit Thomas Gottschalk (ab 1987) Fernsehgeschichte schreiben. In jedem Wohnzimmer der 80er-Jahre läuft samstags »Wetten, dass .. ?« und während Wilfried mit seinem »Ikarus« [» .. solang der Menschen denken kann, hofft er sich viel zu viel [..] nicht das Gelingen, nur der Versuch zählt am Schluss [..] während die Zeit vergeht .. «][23] von den einen niemals, von den anderen erst viel später verstanden wird, läuft noch etwas in den TV-Geräten der Wohnzimmer, nämlich die Muppet Show, und das weltweit. Jeder schaut diese Varieté Puppen-Show, ob jung oder alt.

»Applaus, Applaus, Applaus« fällt es meiner Mutter sofort wieder ein. Sie sind wieder da. Endlich. Meine Mutter hat eine innige Beziehung zu den Muppets. Sie ist mit ihnen

---

[23] mit freundlicher Genehmigung von Wilfried, 2015

aufgewachsen und hat wohl eine nostalgisch romantische, sicher auch verklärte Erinnerung an die Kultpuppen. Doch die Aura von Leichtigkeit und Fröhlichkeit ist heute nicht mehr reproduzierbar, obwohl ein Duett mit Miss Piggy immer noch seinen Charme versprüht. »Jetzt tan-zen alle Pupp-en. Macht auf der Büh-ne Licht. Macht Mu-sik bis der ‚Schubben', wackelt und zusammen-bricht .. «, sang meine Mutter die letzten Jahrzehnte oft gemeinsam mit ihrer Freundin. Doch der Witz von Waldorf & Statler und die liebenswert naive Art von Fozzie Bär sind dahin. Kermit, Miss Piggy, Das Tier, Gonzo, Scooter und wie sie alle heißen, sind nicht mehr das, was sie früher einmal waren. Da nützt es auch nichts, wenn man sie nun wieder auferstehen lässt. Dieses Revival gelingt meines Erachtens nicht. Auch der Steinzeit-»Jabadabadoo«-Aufschrei des Fred Feuerstein ist unwiderbringlich dahin.

Die 80er-Jahre waren eine glückliche, unbeschwerte Zeit im Leben meiner Mutter. Und wenn man überhaupt davon sprechen sollte, dass » .. früher alles besser war .. «, dann könnten es lediglich die guten alten 80er sein, die mit einem »früher war alles besser!« durchkämen.

Schade, dass diese Zeit vorbei ist. Damals konnte sie nicht ahnen, dass die 80er schon »das Beste« waren und es niemals mehr so schön und unbeschwert werden würde, wie es damals tatsächlich war. Das Fenster der Sorglosigkeit öffnete sich nur kurz.

Johann Hölzel (Falco) sagt [1993] dass eine Flut von Schwermut auf uns zukommt (vgl. Hölzel, 1993) und genauso kommt es auch.

Meine Mutter ist 17, als Whitney Houston mit »I wanna Dance with Somebody« 1987 durchstartet.

Whitney wird auch früh sterben, 2012, im Alter von nur 48 Jahren.

Falco

Während die 17-jährige Nicole mit »Ein bisschen Frieden« 1982 den Eurovision Song Contest gewinnt, erscheint Falco in den Medien und stürmt die Charts.

Nicoles »Ein bisschen Frieden« wird während eines Ministrantenlagers in einem Kloster (Pernegg) zum ewigen Lacher, weil sich Hansi in der Aufregung coram publico »versingt« und das Kunstwort »Pulme« wird nicht nur geboren, sondern sorgt für Erheiterung während der ganzen Woche. Sie konnte/n sich kaum einkriegen vor lauter Lachen.

Damals gab es noch viel zu lachen.

Nachdem er [Falco] in »Kottan ermittelt« in der elften Folge »Die Entführung« als Aushilfspianist in der legendären Polizeiband Kottans Kapelle von Major Adolf Kottan (Lukas Resetarits) mitspielt, entsteht »Der Kommissar«, der zum Superhit in zahlreichen Ländern, auch in Japan, Australien und in den USA wird. Später wird er vielfach gecovert. Der »Kommissar« gilt als der erste kommerziell erfolgreiche, ganze Rapsong eines Weißen, was ich sehr genial finde. Viel später [1993] wird Falco in einem Gespräch mit dem Musikjournalisten Norbert Ivanek über seine musikalischen Anfänge sagen: »Also ich glaube, wenn du Hans Hölzel heißt und 1981 im Musikgeschäft antreten willst, dann kannst du damit keinen Preis gewinnen. [..] Falco war eine gute Idee, nicht? Ein deutscher Name, der damals, 1980, gut in die Landschaft gepasst hat, der aber trotzdem [..] internationalen Charakter hatte und ich keine Ahnung hatte, so wirklich, vom Kopf her, wie groß das Ding werden wird [..].« (Hölzel, 1993[24])

Und *das Ding* Falco wird groß. Beeinflusst von New Wave, der Neuen Deutschen Welle, mit Synthesizer und Sprechgesang, bleibt er lange stilunsicher und behauptet von sich »keinen eigenen [Stil] zu haben«. In seinen Liedern finden sich Ähnlichkeiten zu David Bowie und sein Titel »Nie mehr Schule« ist angeblich ein instrumentales Plagiat bis er schließlich mit Hip-Hop- und Funk-Elementen zu seinem eigenen Stotterrapstil findet und als Pionier in dem Geschäft emporsteigt.

Ich finde, Falco war früh dran und deshalb lange unverstanden.

Während meine Mutter Falco verehrt, der nicht nur genial und schizoid erscheint, sondern sicher auch ist, besuchen Charlotte und ihre Kinder gelegentlich den *anderen* Opa zu Weihnachten. Manfred kann sich noch daran erinnern. Er und

---

[24] aus einem Interview mit Johann Hölzel aus dem Jahr 1993, auf FALCOs: Einzelhaft, © 2007 SONY BMG MUSIC ENTERTAINMENT (Austria) GmbH, © 1982 GIG RECORDS AUSTRIA

sein Bruder Manuel waren im Volksschulalter und der Opa war damals selbstständiger Buchbinder. Er stirbt 1990 und Charlotte wird später feststellen, Manfred hat Charakterzüge von ihm geerbt, die wiedererkennbar sind.

»Wenn Sie, liebe Frau Charlotte, nach den acht Wochen Mutterschutz, gleich wieder unterrichten kommen, können Sie hier in ‚Ihrer' Volksschule bleiben!«, erklärte man ihr 1981, nach der Geburt des dritten Kindes. Das wollte sie, darum tat sie es. Leider hielt dieses Versprechen nicht. Sie unterrichtete in der Volksschule Mahlfeld, danach drei Jahre in der Volksschule Kieselfeld. Meine Oma ist demnach jahrelang brav im Bezirk herumgegondelt. Geduldig und diszipliniert wechselte sie von Schule zu Schule und ordnete sich den Systemen unter. Sie ging, wohin sie geschickt wurde.

Alsdann kam sie endlich und endgültig in IHRER Schule an.

Hier wird sie 29 Jahre bleiben.

29 Jahre Unterricht

1983 ließ es sich nicht vermeiden, dass eines ihrer eigenen Kinder im Klassenzimmer saß. Es traf Manfred, er war acht Jahre alt und am Stundenplan stand Musik. Für die nächsten Wochen konnte er der pädagogischen Sippenhaft nicht entkommen. Nicht genug, unter der Fuchtel einer Volksschullehrerin zu stehen, war diese auch noch gleichzeitig seine eigene Mutter die nun ständig vor seiner Nase herumtanzte. Er war nun allumfassend unter Beobachtung, und er musste sich besonders brav benehmen. Ist mal was vorgefallen, wurde erstmal er verdächtigt. »Ich sag mal«, meint Charlotte, »der Manfred war eigentlich arm, denn musste ich mit jemandem schimpfen, dann war er als allererstes dran.« Dies geschah wohl als reine Vorsichtsmaßnahme, damit keinesfalls behauptet werden könnte, das eigene Kind könnte vielleicht auch nur irgendwie bevorzugt werden. War jemand zu erwischen, erwischte es ihn zuerst. Wie hat er wohl gelitten? Wie sie? Vielleicht hyperventilierte sie innerlich einmal ein bisschen wegen einer seiner Ausdrucksweisen, aber wir wissen das nicht. Was mag es für ihn bedeutet haben? Das Stigma war irgendwie an ihm dran. Bei seinen Mitschülern hatte er wohl verschissen. Für sie war er sicher zum Spion geworden.

Ob es für ihn traumatisch war, bleibt ungeklärt. Die Vorfälle sind ihm nicht erinnerlich, also hat er wohl keinen bleibenden Schaden davon getragen und über daraus resultierende soziale Verbannung oder Abgrenzung ist uns auch nichts bekannt.

Hatte eines der drei Kinder in der Schule etwas angestellt, kamen sie zwangsläufig damit zu ihrer Mutter. Sie versuchte immer, mit ihnen alles zu besprechen. Sie fiel auch keiner Lehrerkollegin je in den Rücken. Hatten die Kinder Strafaufgaben zu schreiben, »dann würde das wohl sicher so seine Richtigkeit haben«, meinte sie und überwachte das Schreiben der zusätzlichen Aufgaben. Allzu oft kam das aber gar nicht vor.

Falcos lyrische Texte von damals haben heute poetischen Wert. Seine Musik wirkt auf die Jungen der 80er in umstrittener, aber sehr moderner Art und Weise und begleitet auch das Leben meiner Mutter. Passagen wie »In mir mein Bier sitz' ich hier, nur wegen dir. [..] Und wieder fällt mir ein, Liebe macht Herztod .. «[25] aus »Nur mit dir« (1984) passen einfach wie die Faust aufs Auge bei einer Vierzehnjährigen und »Junge Roemer« ist einfach megacool, auch wenn man noch gar nicht weiß, wo Rom

---

[25] mit freundlicher Genehmigung von CMS Reich-Rohrwig Hainz, Wien, 2015

überhaupt genau ist, welchen historischen Megawert die Stadt und ihre Menschen einnehmen, und man für das Erfassen einer Kunstsprache aus Hochdeutsch, Wienerisch und Englisch eigentlich noch viel zu unreif ist.

Zu »Junge Roemer« äußert sich Falco mit: »Junge Roemer war ein absoluter Flop – wirtschaftlich. Aber von der Attitüde her was ganz Exorbitantes.« (Hölzel, 1993)

Seine Lieder handeln von Dekadenz, rauschenden Partys und Drogen. »Rock me Amadeus« (1985) beschreibt unseren geschätzten Wolfgang Amadeus Mozart nicht als braves *Wunderkind* einer bürgerlichen Klassikszene, Falcos *Woiferl* ist einer, der den Frauen und dem Alkohol zugetan ist - natürlich in Wien, der Stadt, um die sich alles dreht. Wien ist auch Falcos Stadt. Er wollte immer in Wien bleiben. »Weil i gern do bin!« sagt er 1993 (Hölzel, 1993), wenngleich er an ihr [der Stadt] und anderen Wänden langsam zerschellt.

Kann man »langsam« zerschellen?

Falco ist schizoid und genial und er wird verdienterweise zu Austropop-Kult, und trotz des »übermächtigen Erfolges von Amadeus, der 3. LP,« (Hölzel, 1993) der ihn in eine »Stratosphäre schießt«[26] muss er tatsächlich » .. erst sterben um zu leben .. « und es wird keiner nachkommen, dessen Liedtexte

---

[26] ebd.

Genialitäten wie » .. geh, gib' earm 10 dag Polnische in a Wachauer! .. «[27] beinhalten werden.

Im Übrigen, genauso legendär: Willi Resetarits alias Kurt Ostbahn, der in gleicher Weise meiner Mutter Leben prägt, spielt in »Kottan ermittelt« einen Taxifahrer, jung und mit vollem Haar, der Kottan fragt »Tag. Wo sois'n hi geh'?« Kottan: »Moment. [sucht in seiner Innentasche nach Geld.] Jo! Um 23 Schilling .. in Richtung Sicherheitsbüro.« Der Taxifahrer schaut. Kassiert. Kottan lehnt sich bequem im Sitz zurück. Das Taxi fährt über die Straße und bleibt am nächsten Eck stehen. Kottan steigt aus und sagt: » Oaschloch.« Das Bild bleibt stehen.

DAS sind die Legenden von damals.

Während sich in Indien im Dezember 1984 nach einem Störfall in einem Werk des US-Konzerns Union Carbide Corporation einer der größten Chemieunfälle der Geschichte ereignet, bei dem mehrere Tonnen Giftgas in die Atmosphäre gelangen und tausende Menschen sofort sterben, erscheint Georg Danzers Album »Weiße Pferde«. Die Ruine der Pestizidfabrik steht heute noch im Armenviertel der Region, wie ein Mahnmal für

---

[27] mit freundlicher Genehmigung von CMS Reich-Rohrwig Hainz, Wien, 2015

Verantwortungslosigkeit und: Danzers *weiße Pferde* rennen am Strand auch nicht mehr entlang.

ABBA lehnen angeblich Bob Geldofs Angebot zur Mitwirkung beim Live-Aid-Konzert 1985 für die Hungernden in Äthiopien ab. Um die Jahrtausendwende werden sie ein amerikanisches Angebot über eine Milliarde Dollar – wie man behauptet - für eine Welttournee mit 100 Konzerten ebenfalls ablehnen und zum fünften Jahrestag der Musicalaufführung von »MAMMA MIA!« in London werden auch nur drei von vier erscheinen.

Die Raumfähre Challenger auf ihrer Mission STS[28]-51-L bricht am 28. Januar 1986 kurz nach dem Start auseinander. Alle sieben Astronauten kommen ums Leben. Millionen verfolgen die Tragödie fassungslos auf den Bildschirmen. 73 Sekunden nach dem Abheben der Challenger vom Kennedy Space Center in Florida, explodiert Treibstoff und das Shuttle zerbricht in 15 Kilometern Höhe vor den Augen der Welt. Die gesamte Crew stirbt, unter ihnen eine Lehrerin, eine sog. Nutzlastspezialistin, die auf ihrem allererersten Raumflug als »Teacher in Space«, vom Weltraum aus unterrichten wollte. Die Grundschullehrerin, die im Rahmen eines Sonderprogramms der NASA extra dafür

---

[28] Space Transportation System

ausgebildet wird, will einige Unterrichtsblöcke live aus dem Weltraum senden und sie, Christa McAuliffe, bezahlt für diese Vision mit ihrem Leben während sich über Europa wenig später eine nukleare Giftwolke ausbreitet.

Charlotte und ihre ehemaligen Klassenkameradinnen veranstalten am 26. April 1986 in der nahen Provinzstadt ein Maturatreffen. Am selben Tag explodiert das ukrainische Kernkraftwerk Tschernobyl. Die Reaktorkatastrophe erschüttert die Welt. Auch Österreich ist betroffen und die Menschen decken sich mit Konserven ein. Vom Verzehr von frischem Gemüse und Salat wird hier dringend abgeraten. Die Menschen im Ostblock erfahren hingegen lange nichts. Die ukrainische Stadt Prypjat wird unbewohnbar, viele sterben, wenn nicht gleich, dann später und die nukleare Havarie in Block 4 beschäftigt Europa für die nächsten Jahrzehnte.

Der sowjetische Parteichef Michail Gorbatschow schlägt dem Westen sofort die Abrüstung aller Kernwaffen bis zur Jahrtausendwende vor und bringt zwei russische Vokabeln in den europäischen Sprachgebrauch ein: »Glasnost« (Offenheit), womit er auf mehr Presse- und Redefreiheit im Land anspielt und »Perestroika« (Umgestaltung), ein Schlagwort, das eine Erneuerung der Demokratie beinhaltet. Währenddessen wird

Olof Palme, dessen Vision ein kernwaffenfreies Europa war, bei einem Attentat auf offener Straße erschossen.

Zur gleichen Zeit absolviert meine Mutter ihre Berufsausbildung in der Importabteilung des bekannten österreichischen Unternehmens Julius Meinl AG im Fabriksgelände in Ottakring. Der durch das Geschäft mit Kaffee groß gewordene Konzern mit dem bekannten Meinl-Mohr, einem dunkelhäutigen Kinderkopf mit hohem rotem Fes auf gelbem Grund, war schon in der k. u. k. Monarchie führend. Heute würde ein »Negerkind« niemand mehr als Logo verwenden. Alleine schon das Wort nur auszusprechen traut sich heute keiner mehr.

1939 aber gab es europaweit 1000 Filialen mit Waren von überdurchschnittlicher Qualität, nach dem Zweiten Weltkrieg bleiben allerdings nur österreichische Geschäfte und Röstereien übrig. In den 60er Jahren betreibt Meinl 280 Filialen, später weitere im Niedrigpreissegment. Zum Meinl-Imperium gehören damals auch PAM PAM und LÖWA. Ab 1999 verkauft Meinl an BILLA und SPAR und betreibt heute nur mehr das Spezialitätengeschäft Am Graben in Wien. Meine Mutter verlässt das Unternehmen 1989. Sie lernt dort Menschen kennen, deren Umgangsformen sie prägen. Das wird sie von dort ins Leben mitnehmen.

Während der Fall der Berliner Mauer im Fernsehen zu sehen ist und die Menschen mit überschwänglicher Begeisterung in den Straßen tanzen weil der Ostblock zerbricht, kommt in London das Musical »Das Phantom der Oper« auf die Bühne. In Österreich wird die SPÖ mit Bundeskanzler Vranitzky stimmenstärkste Partei und in den Radios läuft »Touch me« von Samantha Fox, »A Kind Of Magic« von Queen und: »Jeanny« von Falco. Dieser besondere Klassiker in der Musiklandschaft der 80er Jahre regt auf: »Jeanny« aus Falco 3 (1985).

Der Songtext ist vieldeutig, *wird* auch mannigfaltig interpretiert und kritisiert, und das Abspielen der Nummer wird tatsächlich oftmals verboten, zumindest bojkottiert. Im damals befremdlichen, heute kultigen Video, das in der Wiener Opernpassage, am Karlsplatz, in der Wienzeile und im Wiener Kanalsystem gedreht wird, ist die Halluzination eines offenbar geisteskranken und psychotischen Mannes interpretierbar, der in Gummizelle und Zwangsjacke einem Mädchen nachschreit, das er möglicherweise, doch offensichtlich, nach vorangegangenem Stalking brutal ermordet hatte, oder zumindest Ähnliches vor hatte. Im gesprochenen Teil Newsflash wird auf einen »weiteren tragischen Fall« angespielt, »ein 19-jähriges Mädchen, dass zuletzt vor 14 Tage gesehen wurde .. «. Es könnte sich tatsächlich dabei um eine Anspielung auf Jack Unterweger gehandelt haben, der damals seit 1974 wegen Mordes unter anderem an einer 18-Jährigen in lebenslanger Haft saß und sich später (1994) in einer Anstalt in Graz mit der Kordel seiner Jogginghose erhängte.

Bei »Jeanny« war ihm von Anfang an »klar, dass das Lied ein Hit werden würde.« (Lanz, 2007, HB, CD 4) »An Jeanny glaubte ich ganz fest!«[29] und »Jeanny lebt!«[30], sagt Falco gegenüber der Jugendzeitschrift BRAVO (1986) in einem Interview. Und er soll angeblich auch gesagt haben: »Teil II von Jeanny wird [..] beweisen, dass der Mann das eigentliche Opfer ist. Nicht umsonst landet er zum Schluss, von Jeanny völlig fertig gemacht, in der Klapsmühle, [..] .«[31] Es ist gut vorstellbar, dass er das gesagt hat. Falco hatte eben Mut zum Statement. Dennoch glaube ich, dass »Jeanny« für Falco in erster Linie ein Liebeslied war und er wollte darin eines seiner Lebensthemen, nämlich die unerfüllte Liebe zu einem Menschen darstellen. Er sagt ganz klar: »Das Lied ist ein Liebeslied!« (Lanz, 2007, HB, CD 4)
Aber der Skandal um »Jeanny« gefiel ihm sicher.
Und mir fällt in diesem Zusammenhang sofort der Fall »Kampusch« ein. Das Verhalten des Entführers wäre dann die

---

[29] ebd.
[30] ebd.
[31] Falco angebl. ggü. der Jugendzeitschrift BRAVO (1986)

weit suptilere, lange geplante nächste Stufe des Wahnsinns. War der Kerkermeister Wolfgang Přiklopil wohl Falcofan? Natascha Kampusch wird es vermutlich wissen. Man könnte versuchen seine Vita mit der von Unterweger zu vergleichen.

Obwohl: » .. Sie kommen [..] Sie werden dich nicht finden. Niemand wird dich finden! Du bist bei mir! .. « (Lanz, 2007, HB, CD 4) Für mich ist das ziemlich eindeutig. Doch ich schweife zu sehr ab und komme zurück zum Lauf der Dinge.

Thomas Gottschalk nennt Falco ein »Wiener Würstchen«, das »Schwachsinn produziere« und »Falcos Fieselton und die Latrinenansichten des Videos sind einfach eine Zumutung!«. (Lanz, 2007, HB, CD 4) Falco sagt dazu in der Sendung »Heute Abend« mit Joachim Fuchsberger angeblich: »Ich kann doch einem ehemaligen Lehrer nicht übelnehmen, wenn er ein Wiener Würstchen nicht von einer Bockwurst unterscheiden kann.« Köstlich. Falco geht ohnehin seinen Weg.
Obwohl es in »Out of the Dark« (1998) eigentlich um Drogen geht, wird er mit den Zeilen »Muss ich denn sterben, um zu leben?« nach seinem Tod endgültig zur Legende, als jemand, der mit unvergleichlichem Charisma der ganz eigenen Art, nicht gewinnend, aber unglaublich anziehend, den Begriff der Dekadenz erst dekandent macht und eine Form von Borniertheit

an den Tag legt, wie sie allein nur Falco ausdrücken kann. Sein immer noch vorhandenes Charma ist weiter – bis heute – wirksam. Und Dekadenz hat bei Falco, der meist mit einem lapidar, äußerst borniertem »Servas« grüßte, keinen abwertenden Charakter, vielmehr einen einzigartig kultigen. Falco lebt seine Albträume und ruiniert sich schließlich selbst, wie alle Großen. Johann Hans Hölzel stirbt am 6. Februar 1998 bei einem Autounfall in der Dominikanischen Republik bei der Ausfahrt von einem Parkplatz. Ein Bus rammt seinen Geländewagen.

Der Falke ist tot.

Die Obduktion ergibt angeblich Blutalkoholwerte und man kann auch Kokain und THC (Cannabis) nachweisen. Das wundert niemanden.

Niki Lauda bringt den Falken heim.

Die Wiener Motorrad-Rocker Outsider Austria, die 1985 im Video zu »Rock Me Amadeus« mitgespielt hatten, tragen ihn im Beisein von tausenden Fans am Wiener Zentralfriedhof zu Grabe. Sein Grab (Gruppe 40, 64) wird zur Pilgerstätte und es folgen eine Falcostiege, eine Falcogasse, eine 6-Schilling-(Falco)-Briefmarke und eine Falco-Statue. Was will man mehr? Er ist der erfolgreichste deutschsprachige Interpret in den österreichischen Charts, vor Peter Alexander und der Ersten Allgemeinen Verunsicherung, indes wird die sechste Erdbevölkerungsmilliarde voll.

Während wir uns auf good old earth langsam drängen, etabliert sich in den Volksschulen der Republik endlich Englisch als neues und verpflichtendes Unterrichtsfach. Schon in der Einführungsphase war Charlotte unter den ersten, die die Englischlehrausbildung absolvierten. Im Anschluss war es nicht vermeidbar, dass ihre Tochter Mathilda ihre eigene Mutter ein Jahr lang in Englisch als Lehrerin genoss. Mathilda war 8 Jahre alt, in der 3. Klasse und lustig fand sie es nicht.

Oft bemerkte sie: » .. na und, wen hat sie zuerst gefragt? Natürlich mich.« Die eigene Mutter als Lehrerin zu haben, hat aber zwei entscheidende Vorteile: erstens: hat man eine Unterschrift im Mitteilungsheft vergessen, kann man diese jederzeit nachholen, und zweitens: der Elternsprechtag ist rasch abgewickelt. Zu bedenken ist allerdings auch, dass dann jeder Tag des Jahres Enternsprechtag ist, wenn die Mama Lehrerin ist!

Schaden hat auch sie wohl keinen genommen. Im Gegenteil: Sie wurde auch Lehrerin. Sie hat sich aus dieser Atmosphäre alles munter einverleibt. Sie war in Ruf-, Sicht- und Hörweite von pädagogischen Handlungen und folgte ihrer Mutter konsequent nach. Von klein auf wollte sie, ganz genauso wie ihre Mutter, immer NUR Volksschullehrerin werden. Kein anderer Beruf kam in Frage. Es musste unbedingt die Volksschule sein. »Gut. Na ja. Sie kann wohl nichts dafür. Das sind die Gene.«

Der weitere Weg war auch hier sonnenklar: Gymnasium, und ab auf die Pädagogische Hochschule. Allerdings musste sie schon eine umfangreichere Eignungsprüfung ablegen, mit Vorsprechen, mit Turnen, mit musikalischer Darbietung. Mathilda wählte Gitarre, damit ist man besser bedient als Lehrerin, wie wir schon wissen und sie unterrichtet heute an der Volksschule Kieselfeld.

Elternsprechtage und der Ferdl

Zweimal im Jahr ist Elternsprechtag. Heute sind die streng durchorganisiert. Die jungen Kolleginnen hängen eine Liste aus, die Eltern tragen sich ein. Im 10-Minuten-Takt werden die Gespräche abgewickelt.

»Aber manche Eltern, sag' ich mal, bauchen länger als andere,« erklärt mir Oma, »denn manche haben verschiedenste Fragen, die nicht schnell zu beantworten sind.« An ihren Elternsprechtagen durfte jeder brauchen solange es eben notwendig war. Die Eltern kamen dran, wenn sie an der Reihe waren. Ein Durcheinander oder Unruhe entstand trotzdem nicht. »Aber ich habe schon darauf geachtet, dass die Rederei nicht allzulange dauerte, sag' ich mal,« erzählt sie weiter, und Ausschreitungen oder Schimpfereien hätte sie sowieso niemals erlebt, erinnert sie sich. Hatte ein Elternteil am geplanten Tag gar keine Zeit, konnte er auch an einem anderen Tag, nach Vereinbarung, zu einem separaten Gespräch kommen. Charlotte war da flexibel. Einmal kam ein Vater zu ihr und wollte, dass sein Ferdl eine bessere Note bekommen sollte. Der Ferdl wollte einen Zweier, keinen Dreier. Charlotte argumentierte, »verstehen Sie, das geht so nicht«, denn »dann müsse sie andere genauso besser benoten.« Der Ferdl war schlichtweg faul, dumm war er nicht. Zweimal war der Vater da. Zweimal wurde ihm erklärt, dass eine Bevorzugung eines einzelnen Kindes einfach keinesfalls erfolgen könne. Punkt. Das Thema war abgehakt. Keine Reaktion mehr. Sie hatte die Situation nüchtern beurteilt. Erledigt. So macht man das eben.

Der Vater war dann einsichtig. Der Ferdl machte anschließend nicht mehr nur das aller Notwendigste, sondern setzte sich auf seinen Hosenboden und begann zu lernen. Später kam der Vater einmal wieder und bemerkte: »*Frau Lehrer*, ich bin so froh, dass sie hart geblieben sind. Der Ferdl hat endlich begriffen, dass er lernen muss, wenn er einen Zweier haben will.« Für den Ferdl UND für den Vater war das ein äußerst wichtiger Lernprozess mit positivem Ausgang.

Eines ist jedenfalls sicher: Eltern und Lehrer sind aufeinander angewiesen. Im besten Fall entsteht für beide eine win-win-Situation, sodass sich zwei gegenseitig beschenken und befruchten und für das Kind zwei wesentliche Orientierungssäulen bilden. Wenn das gut gelingt, ist unglaublich viel gewonnen. Eine Synergie wünschen wir uns. Eine, von der wir alle profitieren und die der Devise » .. es geht nicht nebeneinander, schon gar nicht gegeneinander, es geht nur miteinander .. « folgt, die Jahrzehnte lang gut klappte, heute hingegen nicht mehr so sehr beherzigt wird, gesteht sich Charlotte ein.

Viele Vorkommnisse geraten in Vergessenheit. »Einige merkt man sich eben«, erzählt sie. Ein Bub in ihrer Klasse hieß Andreas. In der Mathematikstunde war gerade Mengenlehre dran und die Lehrerin forderte die Kinder auf, ihre Scheiben[32] aus den Schultaschen zu nehmen und die bunten Stifte für das Bemalen der Formen auf den Arbeitsblättern. Oma forderte Andreas nochmals auf, doch endlich seine Scheiben herauszulegen. Da griff er in seine Tasche und holte *seine* Scheiben heraus, nämlich seine Augengläser, und setzte sie auf. Das waren eben *seine* Scheiben gewesen.

Wie oft belehrte sie ein Kind wohl mit den Worten » .. das ist kein deutsches Wort!« Und wie oft sagte sie: » .. und die richtige Antwort unterstreichen wir grün.« »Warum grün? Geht auch rot?«, klang es dann von einer hinteren Reihe hervor. »Nein, grün.«, erklärte sie konsequent und ruhig. »Aber Frau Lehrerin, kann ich das auch rosa unterstreichen, das gefällt mir besser.«, hörte sie von der anderen Seite her fragen. Oftmals hat sie den Kindern erklärt, dass es wichtig ist, dass sie dies oder das, so

---

[32] geometrische Scheiben und Schablonen

oder so machen, nicht weil sie sich das unbedingt so oder so einbilden würde. Nein. Es wäre wichtig, weil sie es später genau so brauchen würden. Und so kam es öfter vor, dass sie darüber hin und her diskutierten. Sie erinnert sich an viele Debatten dieser Art. Aber unterstrichen wurde die richtige Antwort dann trotzdem grün. Punkt. Auch das Thema war abgehakt.

Im Sachunterricht stellte sie einmal die Testfrage: »Was benötigt man, um in ein fremdes Land einreisen zu dürfen?« Der Andreas, mit seinen Scheiben auf der Nase, schrieb als Antwort: »Ein Testament.« Die richtige Antwort wäre natürlich Reisepass gewesen. Benötigte man für die Einreise in ein anderes Land immer ein Testament, man stelle sich das vor, wie gedeihlich würden die Berufszweige der Rechtsanwälte blühen. Advocaten und Notare wären allerorts in Gold aufzuwiegen, was ohnehin der Fall ist.

Ein Kind schrieb einmal bei einer Lehrerkollegin auf die Frage hin »Was wird im Waldviertel gezüchtet?« als Antwort: »Krapfen«. Sehr amüsant. Hier dürfte es sich allerdings lediglich um einen Schreibfehler gehandelt haben. Die richtige Antwort wäre selbstverständlich »Karpfen« gewesen.

Und so vergehen die Jahre. Aus den Alt-68ern der Geburtsjahrgänge der 50er werden langsam angehende Pensionisten, vielen verlieren endgültig ihren Humor und die Kinder verlassen das Elternhaus. Charlotte startet bedächtig und gemächlich in ihr letztes Berufsjahrzehnt, als Amerika angegriffen wird.

Die Welt erschrickt und hält den Atem an. Was passiert ist von enormer Dimension. Am Dienstag, dem 11. September 2001 rasen entführte Flugzeuge auf Amerika zu. Zwei treffen das World Trade Center in New York City, eines stürzt ins Pentagon und ein weiteres über Pensylvania in die Landschaft. Die Ereignisse gehen als 9/11 in die Terrorgeschichte ein. Jawohl »Terrorgeschichte«. Es wird noch einiges folgen meine Damen und Herren.

Die Bilder des einstürzenden World Trade Centers brennen sich ins globalkollektive Gedächtnis ein. Die Anschläge töten 3000 Menschen. Als US-Präsident George W. Bush bei einer Schülervorlesung in Florida die Nachricht erhält: »Ein zweites Flugzeug hat den zweiten Turm getroffen. Amerika wird angegriffen!«, setzt er die Schulveranstaltung vor laufenden Kameras angeblich noch sieben Minuten lang fort. Was mag sich in seinem Kopf abgespielt haben. Eine Interpretation dessen darf ich hier nicht riskieren, aber George Walker Bush, der

43. Präsident der Vereinigten Staaten, ist ohnehin nicht unumstritten. Der mächtige Unternehmer in der Ölindustrie entstammt einer wohlhabenden und einflussreichen Senatoren-Familie, sein Vater: US-Präsident, sein Bruder: Gouveneur.

Als Reaktion auf die Terroranschläge leitet Bush einen weitern Krieg ein, einen gegen den Terror und er forciert den Afghanistankrieg und den Irakkrieg. Nach dem Hurrikan Katrina 2005 und der Finanzkrise ab 2007 sinkt sein Ansehen aber dann endgültig, nicht zuletzt und zusätzlich auch durch sein oft törichtes und starrsinniges Verhalten in der Öffentlichkeit mit vielen Hoppalas.

Am 13. September 2001 ist ein Konzerttermin von Georg Danzer angesetzt. Danzer ist bis zum Schluss unsicher, ob er aufgrund der Terroranschläge absagen oder auftreten soll. Schließlich entschließt er sich doch dazu, auf die Bühne zu gehen. Am selben Tag bringt seine Tochter Daniela ein Kind zur Welt. Während des Konzerts erzählt Danzer offen dem Publikum seine Emotionen, dass er das Konzert eigentlich absagen wollte, es aber gleichzeitig in seiner Familie ein sehr freudiges Ereignis gegeben hätte, er sei nämlich Opa geworden, und genau deshalb wolle er heute mit seinen Fans feiern. (vgl. Krissmanek, 44)

Während der Krieg in Afghanistan erst richtig beginnt, eskalieren bewaffnete Konflikte zwischen verschiedenen Volksgruppen und der sudanesischen Regierung in Darfur im Sudan. Hunderttausende kommen um. Millionen werden vertrieben. Massaker werden über die Medien sichtbar. Friedensmissionen scheitern, humane Hilfe ist schwierig und kommt oft nicht an, obwohl die Menschen spenden wie die Wilden und die Bilder von Hunger und Not in Afrika - wieder - um die Welt gehen.   Afrika kommt nicht zur Ruhe. Und die Afrikaner, die den Bürgerkriegen entkommen, sterben später dann an AIDS[33]. Der HI-Virus zerstört das Immunsystem und es kommt zu Infektionen und Tumoren. Weltweit sterben Millionen an den Folgen, vor allem in Afrika.

Anthony Quinn und Jack Lemmon sind tot, die UNO[34] und ihr Generalsekretär Kofi Annan erhalten den Friedensnobelpreis für ihren Einsatz für eine besser organisierte und friedlichere Welt, und während die Menschen in Österreich bereits mit dem Euro zahlen müssen,   legt das Hochwasser des Kamps 2002 die Weingärten flach.   Ausgerissene Weinstöcke tanzen in den Fluten ..

---

[33] Acquired Immune Deficiency Syndrome
[34] United Nations Organization, Organisation der Vereinten Nationen

Auf dem Schulklo

»Was macht so eine Lehrerin eigentlich in den Pausen?«, frage ich mich und bin etwas enttäuscht als ich erfahre, dass es eigentlich keine interessanten, pikanten Klogeschichten zu berichten gäbe. Lediglich ein paar Durchfälle, Bauchschmerzen oder Erbrechen, einige Male Nasenbluten hätte es gegeben, »nichts Aufregendes, sag' ich mal,« denkt Oma nach. »Vor allem in der ersten Klasse sind sie manchmal sehr aufgeregt, die Kinder. Als Lehrerin muss man da cool bleiben, dann werden auch die Kinder lockerer. Bei Nasenbluten helfen nasse Papierhandtücher im Nacken und das Kind soll ruhig sitzen bleiben. Beim Erbrechen, wenn sie dann manchmal kraftlos würgen, ist das für Kinder besonders unangenehm. Man kann es beruhigen, wenn man beim Erbrechen seinen Kopf stützt oder ihm den Rücken streichelt, auch ein kühler Lappen auf der Stirn tut gut, solche Sachen eben .. «, schildert sie souverän, »auch da musst du locker bleiben, damit das Kind keine Angst bekommt.« »Bei Brechdurchfall allerdings, wenn sie nicht mehr rechtzeitig aufs Klo kommen, .. das ist schon noch mal eine Stufe unangenehmer, aber alles ertragbar. Wir machen Kind und Örtchen sauber. Holen das Turn-Ersatzgewand und das Kind zieht sich um. Wenn es dem Kind besser geht, kann es wieder in die Klasse kommen, wenn nicht, rufen wir die Eltern an. Das Kind wird abgeholt.« Diese Dinge wären alle nicht weiter schlimm gewesen, meint sie. Passierte das einem Kind, so wurde in der Klasse darüber eigentlich nicht geredet. In der Pause rief man dann die Mutter des Kindes an, um zu berichten was vorgefallen ist und dass es notwendig wäre, neue Kleidung zu bringen. »Das war alles, sag' ich mal.« Und sie lehnt sich zurück. Mehr gibt's da nicht zu berichten. Es gab keine Notfälle, keine Unfälle.

Charlotte benötigte nie die Rettung. Glücklicherweise war außer kleineren Blessuren an Schienbeinen oder einer Platzwunde beim Völkerball spielen niemals Ernsthafteres vorgefallen. An einem Wandertag ging sie mit ihren Kindern einen Hügel hinauf. Bei einem Schranken auf der Waldstraße machte einer der wilderen Buben - so schnell kannst Du gar nicht schauen - eine Rolle über den Schranken. Dahinter machte es ihm ein patschertes Mädchen nach. Ihm ist nichts passiert. Sie hat sich einen Schneidezahn locker geschlagen. Am nächsten Tag haben sich die Eltern aufregt. Die Direktorin erklärte ihnen, es wäre ohnehin ein reiner Versicherungsfall und es gäbe keinen Grund, sich aufzuregen und sie mögen doch bittte mit dem Kind zum Zahnarzt gehen, und später die Rechnung übermitteln.

Der heutige Zeitgeist verlangt, dass immer einer Schuld sein muss. Klagen gegen Pädagogen kommen häufiger als früher vor, und so bewegen sich Klassengemeinschaften eben eher im sicheren Klassenzimmer als auf gefährlichen Skipisten. Dadurch entsteht immer mehr Bewegungsmangel. Wenn Stunden ausfallen, dann ist es meist Sport.

Dabei wäre eine tägliche Sportstunde so wichtig, damit sich die Kinder austoben können, weil sie das zuhause meist nicht machen, zumindest nicht mehr in dem Ausmaß wie früher. Auswärts wären *ihre* Kinder immer zuverlässig und brav gewesen, sagt Oma stolz, und sie habe immer zwei Verlässliche vorne, und zwei hinten gehen lassen. Auch für die Theaterfahrten was das wichtig. Sie musste und konnte sich auf *ihre* Kinder verlassen. Im Straßenverkehr und in unwegsamem Gelände funktionierte das immer gut. Durfte irgendwo nicht hinaufgeklettert werden, dann wurde dort auch nicht hinaufgeklettert. Es gab keine unangenehmen Zwischenfälle, von Kleinigkeiten abgesehen. Und sie war im Laufe der Jahre viel draußen und wirklich viel unterwegs, denn sie wartete nicht darauf, dass etwas von alleine passierte, sie wurde selbst aktiv, überlegte sich sinnvolle Ausflugsziele und Aktivitäten, die für den Unterricht wertvoll waren. Auch an Samstagen und Sonntagen war sie oft im Amt. In ihrer Freizeit kümmerte sie sich um die Mitgestaltung von Erntedankfesten, Sportfesten, Kinderfaschingssitzungen, Theaterfahrten, nicht etwa um selbst gratis ins Theater zu kommen. Nein. Kulturelle Ereignisse und Feste im Jahreskreis sind für die Kinder enorm wichtig, erzählt sie mir, weil das Erlebnisse sind, an die sich die Kinder auch später noch erinnern. Und sie nehmen diese Erfahrungen ins Leben mit. Es ist das, was ihnen als wertvoller Schatz bleibt, so wie die Weide neben der Schule.

Die Trauerweide meiner Kindheit und
15 Kinder und eine Begleitperson

Jedes Kind zwischen sechs und zehn Jahren braucht eine »Trauerweide der Kindheit«, genauso eine, wie die Hängebuche neben unserer Schule. Wenn wir die Schule besuchen, soll es ein Wohlfühlort sein, mit einer Wiese für Sport und Spiel und einem Gebäude wie ein zweites Zuhause, bunt und kreativ mit vielen Zeichnungen und Bastelarbeiten in bunten Farben und Formen. Wenn sie zum ersten Mal hinaustreten aus ihren geschützten Elternhäusern, soll sie die Trauerweide im Schulgarten [die eine Hängebuche ist, Ordnung muss sein!] in Empfang nehmen, als Symbol für Trost und Halt und als Erinnerungsbild für das spätere Leben. In jedermanns Erinnerung sollte es eine solche Trauerweide geben. Ein solches Andenken an die Kindheit kann man nicht in Worte fassen. Es ist ein Gefühl, eines voll Wehmut. So wird Erinnerung bildhaft. Manchmal kann man sie später als Erwachsener noch spüren, manchmal sogar riechen ..

Obwohl es leider nie gelang, die Zauberflöte für Kinder in der Staatsoper zu besuchen, organisierte sie viele, viele Theaterfahrten. Im Rahmen von »Theater der Jugend« in Wien besuchten sie oft das Renaissancetheater und das Theater im

Zentrum aber auch das Burgtheater und die Volksoper. Es werden dort Produktionen für Kinder, Jugendliche und Erwachsene gezeigt, wobei die Kinder auch auf Künstler treffen können. Die Abonnements werden in den Schulen stark beworben. Ihre Kinder auch für Kultur zu begeistern und sie auch kulturell zu sozialisieren war Charlotte immer sehr wichtig.

Exkursionen gab es einige. Ausflüge, Besichtigungen, Wanderungen und Reisen waren immer besondere Herausforderungen. Im freien Feld ist es ungleich schwieriger aufzutreten und zu agieren, wenn man für zwanzig Kinder Verantwortung trägt. Unzählige Naturparks, Museen und Ausstellungen besuchten sie, mit und ohne Lehrziel. Neben der entsprechenden Vorbereitung bedeutete das auch immer, und das vergessen die meisten, die Nachbearbeitung des Gesehenen, des Erlebten, denn schließlich sollen die Kinder dabei ja was lernen. Methodisch-didaktische Aufbereitung ist viel Arbeit, Lehrplannähe – auch hier – obligatorisch. So entstehen verschiedene Konzepte für Schulausflüge, halb-, ganz- oder mehrtägig. Was sich gut bewährt hat, wird wiederholt. Neue Ausflugsexperimente sind immer zu Beginn erst mal auch ein Risiko und in der Vorbereitung ein Hammer. Aber der Gegenstand Sachunterricht gibt viel her und lässt viel Spielraum.

Im Lehrplan heißt es: »Sachunterricht umfasst das schrittweise, altersgerechte Verstehen von Besonderheiten wie Gemeinschaft, Natur, Raum, Zeit, Wirtschaft, Technik innerhalb der Erfahrungs- und Erlebniswelt der Schulkinder.«[35] Gemeint ist: Heimat- und Sachkunde.

Später wird sich Heimat- und Sachkunde in Geographie, Geschichte, Biologie, Sozialkunde, Wirtschaftslehre, Physik, Chemie, und so weiter und so fort, aufspalten, besser formuliert: Es wird ein sogenannter gefächerter Unterricht entstehen. Es geht also um Orientierung in der Lebenswelt. Wir sollen und wollen die Bilder der Welt verstehen lernen und - um auch noch den Genetiv zu bemühen - des Sachunterrichts Ziel ist hochtrabend und anmaßend, denn: Wer versteht schon die Welt? Meine Oma verstand freilich IHRE Welt. In ihr war sie in ihrem Element. Niemand passte besser dorthin als sie.

In den ersten und zweiten Klassen gab es Lehrausgänge, in den dritten und vierten Wandertage, und: »Pro 15 Kinder benötigt man eine Begleitperson!«
Sie waren bei der Waldkapelle, auf der Burg, beim Sebastian-Wasserfall, in den Berndorfer Schulen und im

---

[35] auf https://www.bmbf.gv.at/schulen/unterricht/lp/lp_vs.html © by Bundesministerium für Bildung und Frauen, Wien

Waldbauernmuseum Gutenbrunn. 2013 gewann die Klasse meiner Oma bei einem Zeichenwettbewerb einen Ausflug auf die Rax. Es war einer ihrer letzten Schulausflüge.

Warte und schweige!

In einer Klasse braucht es Disziplin.

Meine Oma hat oft erst eine erste Klasse unterrichtet, übersprang dann die zweite, und machte mit der dritten weiter. Die zweite übernahm dann die Direktorin. In den dritten und vierten Klassen waren die Kinder schon öfter ungehorsam. Charlotte setzte sich mit Ruhe und Geduld durch. »Man reagiert ja situationsabhängig, aber oft war ich schon auch resolut!«, sagt sie heute. Das musste sein. Aber sie versuchte immer weder laut, noch unsympathisch zu werden. Sie versuchte überhaupt wenig zu ermahnen. Denn vom Ermahnen lehrnt ein Kind nur ermahnen. Die viel höhere Kunst ist, es zu motivieren von sich aus zu wollen. Und das versuchte sie an jedem Tag ihres Unterrichts.

In den letzten Jahren erhob sie immer seltener die Stimme. Wenn doch, dann konnte man sich aber auf etwas gefasst machen und sich warm anziehen.

Es gibt Kinder, die reden eben gern und viel, in der Schule nennt man das dann »schwätzen«. Und wenn nicht geschwätzt wird, dann wird möglicherweise gegessen oder ein Kind ist auf eine andere Art und Weise unaufmerksam. War Charlotte deswegen sauer und wurde sie kurz etwas lauter, beruhigte sie sich aber genauso schnell auch wieder. Nach zehn Minuten war alles wieder normal. Ihre Kinder kannten diese Grenze genau und verstanden es ganz gut, vor dieser Grenze einen intuitiven Rückzieher zu machen, denn manchmal war dann plötzlich ein ganz bestimmter Tonfall in ihrer Stimme spürbar. Dann wussten die Kinder genau: jetzt ist aber Schluss! Ab diesem Zeitpunkt wurde es ernst und es war besser, sich nun lieber unauffällig zu verhalten. Damit das Zusammenarbeiten klappt, braucht man eben Regeln. Charlotte verhielt sich grundsätzlich immer respektvoll und geduldig. Sie dürfte ohnehin die glückliche Veranlagung haben, Dinge hinzunehmen, die sie nicht ändern kann, ohne sich ständig dagegen aufzulehnen. Gewisse Lästigkeiten nimmt sie hin und legt darüber hinaus noch eine Geduld an den Tag, die ihresgleichen suchen kann. Beneidenswert. Zumal können wir uns vorstellen wie Kinder so sind, in ihrer holprigen und lauten Art, manche sind schüchtern, die muss man motivieren, manche sind überschwänglich und laut, die muss man einbremsen. »Lehrer müssen oft auffangen, was in den Elternhäusern zu kurz kommt!«, ist sie überzeugt und »Lachen und Weinen liegen da oft dicht nebeneinander .. «, denke ich mir. »Schule fordert eben 100 Prozent. So ist das eben.«, sagt sie, aber »mit gewissen Regeln geht alles einfacher.«

Und diese Regeln wurden gemeinsam besprochen. Die Kinder hatten Mitspracherecht. Für eine Lehrerin, immerhin noch vom alten Schlag, war das eigentlich recht fortschrittlich. »Ein bisschen Sozialarbeiterin hier und dort muss man eben auch sein«, erzählt sie als sie abschließend zitiert: »Was du nicht willst, dass man dir tu', das füg' auch keinem andern zu!« (nach Konfuzius[36]; der antwortete übrigens auf die Frage eines Schülers, was denn sittliches Verhalten sei, so: »Begegne den Menschen mit der gleichen Höflichkeit, mit der du einen teuren Gast empfängst. Behandle sie mit der gleichen Achtung, mit der das große Opfer dargebracht wird. Was du selbst nicht wünschst, das tue auch anderen nicht an. Dann wird es keinen Zorn gegen dich geben – weder im Staat noch in deiner Familie.«[37]

Diese alte goldene Regel der gegenseitigen Rücksichtnahme wurde meiner Oma Leitbild und sie ersuchte ihre Kinder stets, vorher die Vor- und Nachteile einer zu erwartenden Reaktion auf das eigene Handeln zu bedenken. Das fruchtete zwar nicht immer, aber sie wurde nicht müde gegenseitige Achtung, Respekt und moralisches Handeln vorzuleben. So verhält sie sich auch zuhause und anderswo. Immer. Überall. Praktische

---

[36] Konfuzius * 551 † 479 v. Chr.
[37] angebl. Ralf Moritz (Übersetzer): Konfuzius: Gespräche (Lun-Yu). Reclam, Ditzingen bei Stuttgart 1998, 1. Auflage 1982

Ethik nicht nur vom Feinsten, sondern auch von einer Beharrlichkeit und Konsequenz geprägt, die recht selten auftritt. Dabei haben wir stets die Wahl uns für die Rücksichtnahme auf andere zu entscheiden oder eben dagegen zu handeln. Diese Freiheit bedeutet nicht die Freiheit zu haben, darüber nachzudenken, ob die »laute Musik möglicherweise jemanden stören könnte?«, nein, es geht darum »nur so laut aufzudrehen, wie man selbst verantworten will«. Und das entscheiden wir durch *eigenes Nachdenken*. Und dann bitte schön tu das, wozu das *eigene Nachdenken* dir rät! (frei nach Kant[38]: »Habe Mut, dich deines eigenen Verstandes zu bedienen.«)

Wenngleich die Disziplin der Klasse auch gut war, so hatte sie doch sehr oft mit zunehmender mangelnder Konzentration bei den Kindern zu kämpfen. »Früher konnten sich die Kinder besser und länger auf eine Sache konzentrieren«, dessen ist sie sich sicher. Früher gab es viel weniger Umwelteinflüsse, kein permanentes Fernsehen, keine ständigen Computer- oder Handyspiele, die die Kinder dauernd in ihren Bann gezogen hätten. Es ging ruhiger zu. Die Kinder konnten sich nachmittags auf der Wiese, im Garten, zuhause oder bei Freunden austoben.

---

[38] Immanuel Kant, * 1724 † 1804

Sie waren in Bewegung und dadurch im Unterricht ruhiger und ausgeglichener.

Sie erzählt mir: »Teilweise habe ich mir alte Unterrichtsvorbereitungen aufgehoben und später, nach vielen Jahren wieder angesehen. Früher waren Übungen und Themenstellungen dabeigewesen, die ich vergleichsweise heute in den Klassen gar nicht mehr machen könnte!« »Die Kinder sind heute viel weniger aufnahmefähig und man braucht heute für grundlegende Dinge viel mehr Zeit und Geduld als früher«, teilt sie mir nach einer Weile leise mit und es ist ein Hauch der Enttäuschung spürbar.

»Mitte der 1990er-Jahre hatte ich den direkten Vergleich«, schildert sie weiter. Folgendes war auffällig geworden: Zwei Geschwister besuchten die Volksschule, die jüngere der beiden Mädchen eine kleine Klasse mit etwa dreizehn Kindern und die ältere der beiden eine vergleichsweise größere Klasse mit übermäßig schwierigeren Kindern. Der jüngere Jahrgang entwickelte sich zu einem stabilen, kleinen Klassenverbund mit leistungsstarken Kindern. Der ältere Jahrgang, nicht zuletzt auch aufgrund der größeren Anzahl von Kindern, war weit schwieriger im Handling, es traten mehr soziale Probleme auf und es konnte weit weniger Unterrichtsstoff vermittelt werden. Es stand, wenn man es so nennen will, ein kleiner privilegierter

Unterrichtskreis einer größeren, schwierigeren Klasse gegenüber. »Die Mutter der beiden Mädchen war schließlich überrascht«, erinnert sich Charlotte, »weil sie bemerkte, dass die Zweite, die Kleinere, spürbar viel mehr im Unterricht durchnahm, als sie es von ihrer Älteren in Erinnerung hatte!« Es wäre interessant zu wissen, was heute aus den beiden geworden ist. Wir wollen das Beste annehmen, denn: »Optimismus ist Plicht.« (Popper, 1994, 326), nach Sir Karl Popper[39] und damit meint er, dass die Zukunft offen ist, und: dass wir alle sie mitbestimmen durch das, was wir tun und wie wir es tun, das bedeutet, wir sind alle mitverantwortlich für das, was kommt. »So ist es unser aller Pflicht, statt etwas Schlimmes vorauszusagen, uns einzusetzen für jene Dinge, die die Zukunft besser machen können.«[40] ermahnt er uns noch kurz vor seinem Tod.

---

[39] Sir Karl Popper * 1902 † 1994
[40] ebd.

Gelobt sei das Gymnasium

Heute wollen alle ins Gymnasium, spielerisch soll das geschehen und voll Lob für alles und für jede Kleinigkeit. »Doch die Kinder, die später ins Gymnasium gehen wollen, die müssen die lateinischen Ausdrücke wie etwa Subjekt und Prädikat können. Die, die einen Einser wollen und ihn brauchen, die müssen das wissen!« sagt meine Oma streng. Obwohl: heutzutage werden im Lehrplan einige Abstriche gemacht. Es wird weit weniger in den Volksschullehrplan hineingestopft, als es früher der Fall war, um mehr herauszuholen, um aber wiederum später noch mehr hineinzubuttern, um wiederrum später noch mehr herausholen zu können .. , kommen wir gemeinsam zum Schluss. Was bedeutet das? »Die sogenannte Lehrplanentrümpelung erfolgte, weil vieles einfach nicht mehr machbar war und nicht mehr zeitgemäß erschien. Es wurde reformiert und gekürzt. Fortan sollte alles nur mehr ganz spielerisch vermittelt werden«, erklärt mir die nunmehr pensionierte Lehrerin.

»Kinder im Alter von sechs bis zehn Jahren können sich aber keinen strengen Tagesplan einteilen, die können nicht flott arbeiten um fertig zu werden, dafür sind sie noch zu klein.« erklärt sie genauso überzeugend. Ein Dilemma.

1990: Die Mauer ist weg. Was nun? Die Jugoslawienkriege beginnen und zwar mit Musik von Guildo Horn, Rosenstolz, Max Raabe oder den Fantastischen Vier, während die 90er-Jahre - mit Austria 3, die im Theater an der Wien mit Wolfgang Ambros, Rainhard Fendrich und Georg Danzer erstmals gemeinsam auftreten - zu Ende gehen. Sie werden eine der erfolgreichsten Gruppen des Austropop. Danzer gilt als Pionier des Austropop. Danke Danzer.

Bruno Kreisky stirbt. Willy Brandt sagt am 7. August 1990 über ihn: »Seine Welt war größer als sein Land. Er hat sich um die Gemeinschaft und das Wohlergehen der Völker verdient gemacht. Ruhe in Frieden, lieber, schwieriger und guter Freund!«[41]

Was für ein schönes Kompliment das ist.

Wer würde sich solcher offenen Worte getrauen, an meinem Grab? *Ihr* werdet sehen.

---

[41] aus http://dasrotewien-waschsalon.at/in/files/kreisky_ges.pdf, 18.05.2015; Alle Zitate: Bruno Kreisky, Erinnerungen. Das Vermächtnis des Jahrhundertpolitikers. Herausgegeben von Oliver Rathkolb, 2007. © Alle Fotos und ausgestellten Objekte: Stiftung Bruno-Kreisky-Archiv.

Ein Schritt nach vor, ein Schritt zurück

Etwa zur gleichen Zeit transformierte sich das Pädagogentum, respektive die Lehrerschaft, das heißt der Lehrer und die Lehrerin an sich, switchen von einer ursprünglichen achtenswerten Respektsperson in eine Person der Dienstleistungsklasse, die sich fortan vor den Augen der Gesellschaft ständig für dieses und jenes zu rechtfertigen hat.

Jeder partizipierende Elternteil wird ab nun zum pädagogisch kompetenten Ansprechpartner. Jeder hat eine Meinung, jeder sagt sie auch. Dieser Bruch spaltet die mehr oder weniger pädagogischen Gemüter und dieser Switch verändert das gesamte Berufsbild, weil sich die Gesellschaft und ihre Verhaltens- und Erziehungsweisen in den Familien selbst ändern. Auch eine Lehrerin vom alten Schlag, wie meine Oma zweifelsohne, muss da durch. Für meine Begriffe hat sie sich erstaunlicherweise nicht nur hervorragend geschlagen, sondern auch in beispielloser Weise Haltung bewahrt und sich mit den veränderten Rahmenbedingungen bestmöglich arrangiert. Sie ließ sich nicht frustrieren, als Eltern zu pädagogisch wertvollen Spezialisten wurden. Es deprimierte sie reichlich wenig, wenn Eltern ihr weismachen wollten, dass sie selbst wohl ihre eigenen Kinder am besten kennen würden und es nicht notwendig hätten, sich von einer Lehrerin erzieherische Maßnahmen aufoktroyieren zu lassen, deren einzige Aufgabe es sei, den Kindern möglichst viel beizubringen. Was tun mit so vielen Spezialisten? Jeder ist selbst zur Schule gegangen. Folglich ist innerhalb des Themas zur Schule gehen auch jeder Spezialist. Und weil die eigenen Kinder immer die besten aller sind, braucht der Lehrer, hier die Lehrerin, »mir über mein eigenes Kind auch gar nix erzählen! Die Lehrer brauchen mein Kind auch gar nicht für mich erziehen! Wenn ich sage, mein Kind braucht dieses oder jenes nicht zu tun, dann braucht es das auch nicht!«, solche und ähnliche Statements ignoriert das Lehrpersonal stets, da den Eltern mit Gegenargumenten in einem solchen emotionalen Zustand der Aussage ohnehin nicht beizukommen ist, es wäre auch nicht sinnvoll. War früher Respekt da, ist heute Rechthaberei daraus geworden, und irgendwie trifft das wohl auf beide Seite der Medaille zu. »Es mag schon sein, dass manche Menschen mit Lehrern schlechte Erfahrungen haben und von Hass zu sprechen wäre wohl weit übertrieben, aber der Respekt ging schon mit der Zeit immer mehr verloren!«, sagt sie mir leise und sie fügt noch an, dass es »früher einfach ganz anders war«. Einerseits wird heute Erziehungsarbeit an die Schule abgegeben, andererseits werden dann Erziehungsmaßnahmen seitens der Lehrerin von den Eltern kommentiert und hinterfragt, manchmal auch boykottiert. »Mitunter erzählen die Kinder zuhause auch andere Versionen von den Vorfällen in der Schule. Doch die Eltern meiner Kinder waren zum Glück meist gute Gesprächspartner. Und ich denke, wir haben uns geegenseitig kaum angelogen. Auch Lehrer machen Fehler!«, erzählt sie mir mit einer erfrischenden Form von Natürlichkeit. »Und ich denke, auch die Eltern wussten, ich würde sie niemals anlügen!«, schiebt sie ihrer Ausführung noch rasch hinterher. Ich glaube ihr das.

»Eigene Fehler muss man auch zugeben können. Und wenn bei einer meiner Korrekturen ein Fehler passierte, ich etwas übersah, was selten, aber doch vorkam, so ließ ich das Kind, wenn es einen solchen Mangel bemerkte, diesen Rechtschreib- oder Rechenfehler auch gleich selbst – ohne Auswirkung auf die Note – korrigieren. Und in der zu verfassenden Verbesserung, musste das Kind diesen Fehler dann nicht mehr gesondert verbessern beziehungsweise nicht nochmal aufschreiben. Das habe ich immer so gehalten«, erklärt sie mir.
Obwohl der rote Korrekturfineliner immer mit dabei war, so war es die Nachsicht wohl auch, und ich höre sie sagen: »Nimm den Tintenlöscher und korrigiere es selber.« Und das Thema war abgehakt.

Seltene Spezies und aussterbende Gattung

»Eine Lehrerin vom alten Schlag ist eine aussterbende Rasse«, sagt ihre beste Freundin Irmgard, ihres Zeichens selbst Lehrerin und genauso emeritiert. »Ich habe aber aus gewissenhaften Quellen erfahren, dass Charlotte eine äußerst gute Pädagogin ist, die ihren Kindern immer ein gutes Rüstzeug für später mitgab. Viele ihrer Kinder gingen später ins Gymnasium und machten ihren Weg,« erfahre ich. Die Freundin sagt aber genauso offen: »Charlotte ist aber schon auch eine altvaterische Person mit veralteten Arbeitsweisen. Und das weiß sie auch.« »Sie schreibt eben immer noch alles mit der Hand, in Schönschrift, und sie verwendet viel Zeit damit, in ihren Unmengen von Papieren, Mappen und Büchern, dann danach zu suchen.« erklärt die Freundin. Verstehen könne sie das nicht, meint sie, schließlich wären alle ihre Kinder computeraffin und hätten ihrer Mutter schließlich alle Erleichterungen der elektonischen Arbeitsweisen oft versucht nahe zu bringen. »Die ,Sagen aus der Blockheide' hat und findet man heute digital, nicht mehr in einem Haufen von losen Papieren oder Ordnern«, schildert Irmgard, das ist doch klar und Charlotte reagiert mit »jetzt ist es eh schon egal« und »es hat eben nie einer die Geduld aufgebracht, mir das alles am Computer genau zu erklären .. «.

Mathilda wirft ein: »Stimmt nicht, das haben wir Dir hundert Mal erklärt!« Irmgard meint: »Das braucht man nicht erklären, das macht man einfach!« Und ich denke: »Sie [Charlotte] hat wohl Tinte im Blut. Ihr Herz hat die Form eines Dosenspitzers, so einer, mit einem Zieharmonikabauch. So einen, den man mit viel Kraft zusammendrücken kann. Lässt man ihn wieder los, kehrt er langsam in seine ursprüngliche Form zurück. So ein Herz hat meine Oma.« Sie kann einfach nicht anders.

Aber Irmgard macht auch glaubhaft klar, dass ihre Freundin Charlotte Recht damit habe, wenn sie sage »der Aufwand, den ich für die Schule betreibe, wird mir ohnehin niemals gedankt«. Aber sie weiß auch, dass das Auslaufmodelle so an sich haben, und dass sie beide zu einer aussterbenden Rasse gehören und dass ein solch exquisites, aufwändiges und äußerst gewissenhaftes Vor- und Aufbereiten von Unterrichtsstoff einfach ihren frühen Lehrerjahrgängen anhaftet. »Das wird heute, mit diesem enormen Aufwand, so nicht mehr betrieben«, kommen wir zum Schluss. »Wir waren eben so blöd. Doch nun sind wir eh im Aussterben begriffen!« legt Irmgard noch lachend nach. Welch' eine fröhliche Natur.

»Weißt Du,« sagt sie, »wir hatten dürftige Ausbildungen, damals in den 60er- und 70er-Jahren und wir mussten uns damals alles selbst zusammenklauben, sammeln und horten, was wir thematisch finden konnten. Gegenüber heute war unsere damalige Ausbildung wirklich schmächtig und auch organisatorisch im Vergleich zu heute tatsächlich ein Witz.«

»Charlotte war eben immer sehr engagiert und alles andere als eine Handtasch'l-Lehrerin,« ertönt es noch im Nachhall der Schilderung.

Die Welt der Lehrerhandtasch'ln

Und im Folgenden werde ich eingeweiht in die Welt der Handtasch'l-Lehrerinnen-Kritik, die so aussieht: Es gibt Lehrer mit Engagement, Eifer und Pflichtbewusstsein und es gibt Handtasch'l-Lehrerinnen. Zweitere gibt es in dürftiger Anzahl, aber an jeder Schule. Es handelt sich hierbei um DeutschzusatzlehrerInnen, Integrations-, Handarbeits- oder SportlehrerInnen. Diese wären keinesfalls vergleichbar mit einer Klassenlehrerin, die »sich den Haxen ausreißt, für anspruchsvollen Unterricht«. »Warum tu' ich mir das an, vor allem wenn ich sehe, wie andere das machen .. mit viel weniger Engagement, .. eben nur ausgestattet mit einem *Handtascherl*, .. während wir, die richtigen Lehrer, im Schweiße unseres Angesichts, unsere vollbepackten Taschen mit den Hausaufgaben und Schularbeiten unserer Kinder nachhause schleppen, .. « meint Irmgard, und »um diese bis in die späten Abendstunden in mühevoller Kleinstarbeit nach Fehlern zu durchsuchen und sie zu korrigieren, bis die Pfote glüht .. « meine ich. Schließlich: Der rote Korrekturfineliner ist immer mit dabei. Und ich kann ihn deutlich spüren, diesen Geschmack von Eifersucht, wie es ihn in allen Berufssparten gibt, wenn es darum geht, dass einige mehr und andere weniger leisten. Es ist wie eine natürliche Krankheit, die einen befällt, wenn man sein eigenes Tun und Handeln, dem von anderen gegenüber stellt und merkt, die einen gehen den leichteren Weg und kommen weiter als jene, die bewusst den schwereren wählen, in der Hoffnung auf reichere Ernte und höhere Anerkennung, um anschließend in bitterer Art und Weise zu erkennen, dass es für hohes Engagement, meist keinen zusätzlichen höheren Lohn gibt, gleich welcher Form, als nur die eigene, alleinige Gewissheit, das Richtige unternommen zu haben, und der Grad der gefühlten Überlastung findet Ausdruck im Ausmaß der zu schleppenden Hefte und Materialien. Und der Neidfaktor steigt.

Ich erkenne: »Vor diesem Prinzip kapitulieren selbst wertvolle PädagogInnen. Des Lebens Boshaftigkeit greift in alle Berufssparten ein.« Ich bin erleichtert. Wir sind Angehörige einer gemeinsamen Rasse und ich bin nicht allein. Es geht auch anderen so.

Wie oft hat meine Oma wohl Hefte und Mappen vom Kofferraum nachhause, zwischen Parkplatz und Wohnung hin- und hergeschleppt, war stets vollbepackt mit Schulsachen. Wie oft ging sie diesen Weg? Wieviele Kilo schleppte sie während 29 Jahren Unterricht?

Lehrer bewegen und tragen enormes Gewicht: Arbeitsblätter, Hefte samt Heftumschlägen!, Mappen und seien es nur

Mäppchen, Bücher, Spiralhefter, Bücher, Ordner und vieles mehr. Hinzu kommen noch Schwimm- oder Sportsachen. Berechnungen ergaben, dass meine Oma in 29 Jahren Unterrichtsjahren insgesamt wohl 99 580 kg an Materialien nachhause und wieder zur Schule schleppte. Sie bewegte demnach jährlich etwa 3,4 Tonnen, das bedeutet, sie schleppte täglich fast 18 Kilogramm. Täglich! [Der Berechnung lagen 194 Schultage pro Jahr und 24 Kinder pro Klasse zugrunde. Für die 1. Klasse nahmen wir drei Arbeitsbücher (je 200 g), für die 2. Klasse zwei Arbeitsbücher (200 g) und zwei Hefte (170 g), für die 3. Klasse 4 Hefte täglich (170 g) und ein Heft (170 g) pro Woche und für die 4. Klasse nahmen wir 5 Hefte täglich (170 g) und ein Heft (170 g) pro Woche an. Das steigerte das Gewicht von rund 20,2 t in der 1. Klasse auf rund 29,7 t in der 4. Klasse (Gesamtgewicht in 29 Jahren).] Man könnte auch sagen: »Meine Oma hat in ihrer Berufszeit etwa 100 Mittelklasseautos von A nach B getragen!« »Und in unserer Gemeinde gibt es etwa 30 Lehrerinnen! Rechne Dir das mal aus!« sagt Irmgard.

»Ärgern Dich Klischees?« und »Warum sind die Lehrer so unter Beschuss?«, frage ich Charlotte. »Es ist mir keinesfalls egal!«, antwortet sie augenblicklich und führt aus: »Lehrer sind deshalb unter Beschuss, weil es Kollegen gibt, ‚sage ich mal', die wegen der Ferien Lehrer wurden. Und weil es auch Lehrer gibt, die mit dem erwähnten *Handtscherl* kommen und mittags mit genausoviel, nämlich dem *Handtascherl*, wieder gehen. Sie werden berechtigterweise kritisiert, weil die eben nicht so viel Zeit in Vorbereitungen stecken und eben nicht alle Arbeitsblätter korrigieren. Manche schreiben weniger Aufsätze oder machen eben weniger Projekte und Tests. Und weil die Menschen das auch sehen, deshalb sind die Lehrer unter Beschuss.« Und es klingt nicht nach Nestbeschmutzung, es klingt nach einem sehnsüchtig herbeigewünschtem Idealbild einer musterhaften Lehr- und Unterrichtssituation, wie es eine solche in ernüchternder Betrachtungsweise nicht geben kann und wird. Meine Oma Charlotte ist demnach Proto- und Archetyp einer vorbildlichen Lehrerin ihrer Generation. Eine Art Galionsfigur wie sie mir in diesem Augenblick perfekter nicht erscheinen könnte, sehe ich vor mir. Und ich erkenne ihre vollkommene Integrität in dieser einen Sache, wenn es darum geht, eine gute Lehrerin zu sein und ich bin neidisch auf diese Frau, die so genau weiß, wohin sie gehört und ich verzichte auf die Frage nach den Privilegien im Lehrerstand allgemein. Mit solchen harten Bandagen will ich im Moment nicht kämpfen. Das erscheint mir hier nicht fair.

Sie erzählt mir, es sei wichtig und darauf habe sie stets geachtet, dass ab der zweiten, spätestens ab der dritten Klasse jede Woche ein Aufsatz zu schreiben sei. Das sei wichtig, damit die Kinder so viel Feedback wie möglich erhalten. Denn nur durch Feedback kann man besser werden! Und ich weiß, wie recht sie hat. »Feedback ist heute ja kaum noch zu bekommen, in keiner Lebensphase und -lage mehr. Schade. Deshalb sind ja auch alle so orientierungslos!«, denke ich.

»Des Weiteren konnten die Strebsamen zuhause einen zusätzlichen Aufsatz, eine Bildgeschichte oder eine Nacherzählung als Fleißaufgabe verfassen.«, unterbricht sie meine Gedanken, ohne es zu wissen. Sie korrigierte solche Arbeiten immer, ließ sie aber in die Gesamtbenotung nicht einfließen. Am Wichtigsten war stets die Mitarbeit in der Klasse. »Eine gute Lehrerin hat Verständnis für Kinder, hat Geduld, besitzt Konsequenz und Durchhaltevermögen und liebt die Kinder. Eine gute Lehrerin hat die Kinder gern, egal wie schlimm oder brav sie sind. Diesen Beruf muss man machen wollen. Sehr viele sind dafür geeignet. Die, die es aber nur wegen der Ferien machen, sollen es lieber bleiben lassen!«, erklärt sie mir mit klaren Worten und ich beginne tatsächlich zu verstehen, was genau sie damit meint. Mit den vielen Klischees musste sie immer leben. Meist regte sie das gar nicht auf, zumindest nicht offensichtlich. Obwohl Aussagen wie » .. nur Vormittag Unterricht, Nachmittag frei .. « und » .. halbtags beschäftigt, ganztags bezahlt .. « immer noch Aufreger sind. Doch wir müssen tatsächlich verstehen, dass die Unterrichtszeit nur ein Drittel der Arbeitszeit ausmacht. Hinzu kommen zahlreiche Aufgaben, die nicht auf dem Stundeplan stehen, wie etwa Vor- und Nachbereitung, Aufsicht, Elterngespräche, Telefonate, Konferenzen, Aufgaben als Klassenlehrer, Klassenbuch schreiben, das Organisieren von Schulprojekten und -veranstaltungen und nicht zuletzt das Korrigieren von Schularbeiten, Tests und Hausaufgaben. Ganz schön viele übrigens. Ja, die Berufsgruppe der Lehrer wird oft beleidigt und viele reden häufig dumm daher, ohne genau zu wissen, was es bedeutet selbst Lehrer oder Lehrerin zu sein. »Der Lehrer müsste erstmal wieder was Besonderes sein. Eine Respektsperson, so wie früher .. « ist der nächste Gedanke, der sich einschleicht. Gute Lehrer braucht das Land. Engagierte Lehrer, so wie meine Oma!

Oftmals war Charlotte als Lehrerin ein Sozialarbeiterersatz, wobei die Kinder als Rohmaterial angeliefert wurden. Eltern sind oft überfordert. Viele sind alleinerziehend. Ein Großteil sind Doppelverdiener, die sich selbst verwirklichen müssen, um immer mehr zu verdienen um das große Haus finanzieren zu können, damit jedes Kind ein eigenes Zimmer hat um letztendlich ganz alleine drin zu sitzen, während die Erwachsenen, die das zu finanzieren haben, besser gesagt finanziell stemmen müssen, ihrer eigenen potentiellen Karriere hinterherrennen. Dabei geht es oft nur mehr darum, die anderen als Konkurrenten auszustechen, weil »jeder Konkurrent, der ausscheidet, ein Gewinn für diejenigen ist, die überleben und die daher seinen Platz einnehmen können. Denn wir leben in einer Welt eines unbarmherzigen Kampfes, nicht in einer Welt der Leistung, sondern des Erfolges. Erfolg erzielt man immer über einen anderen oder über mehrere andere. Wenn der andere versagt, umso besser.« (Ringel, 1991, 150)

Das sagt Erwin Ringel schon 1991.

Es gab also schon einige, die ahnten oder sogar wussten, in welche Richtung es mal gesamtgesellschaftlich gehen würde. Meine liebe Mutter! »Man hätte es also schon wissen und auch sagen können!«.

Und wir sind längst nicht »aus dem Schneider«, wie man so schön sagt. Das Gegenteil ist der Fall: noch nicht mal richtig in die Gänge gekommen sitzen uns die hinter uns geglaubten längst im Nacken: »[..] die Nichtreichen, Halbgebildeten, Sozialversicherten und Mittelglücklichen [die sich] nicht mehr so sicher [sind], ob sie wirklich die ‚Mehrheitsklasse' unserer Gesellschaft bilden. Sie fühlen sich als bedrängte Einheimische, als in die Defensive getriebene Männer, als gerade noch abgesicherte Alte, wissen aber, daß ihnen dynamische Migranten, ehrgeizige Frauen und kaltherzige Junge [längst] auf den Fersen sind.« (Bude, 2010, 119) Es wird demnach enger und enger bei ständig steigenden Ansprüchen.

Wir brauchen ungleich mehr Cleverness, Lebensklugheit und in allen Bereichen geistige Wendigkeit. Das hätten wir *längst* benötigt. Haben wir aber – die Generation ab 1970 – nie glernt. Das wussten auch unsere Alten nicht, dass sowas mal von Nutzen sein *könnte*.

Ein *hinterfotziges* Verhalten *hier und dort einmal*, das hätte schon gereicht. »Aber gezeigt habt ihr uns immer nur das hinten Anstellen!« Und jetzt schauen wir doof.

Ihr aber – die neue Generation nach der Jahrtausendwende – Ihr könnt' Euch unsere Einsichten zu Nutze machen und von Haus aus gewitzter agieren. Ich wünsche Dir, mein liebes Kind, von Herzen es möge Dir gelingen, viel, viel besser als mir.

Was brauchen wir demnach: gebildete und engagierte Elternhäuser genauso wie gebildete und engagierte Lehrer und

Lehrerinnen. Ergänzend möchte ich jetzt noch darauf aufmerksam machen, was viele wissen: Die Schulen bräuchten mehr Geld, für mehr Lehrer, mehr Bildung, mehr Möglichkeiten.

Das Geld dafür ist da, liebe Damen und Herren, es muss da sein. Selbst wenn es in den unzähligen Hypo- und anderen Gräbern versenkt wurde, verschoben wurde, es wohl offensichtlich nicht hier ist, so muss es doch da sein, um es mit Düringer zu formulieren, der gesagt hat »es ist ja nicht weg, es ist halt nur woanders!«[42]

Die Verantwortlichen sollten sich in Grund und Boden schämen und unverzüglich dafür sorgen, dass es wieder dort eintrifft wo es gebraucht wird, nämlich auch an unseren Schulen, damit aus unseren Kindern was Anständiges werden kann.

Und es fallen mir die unzähligen politischen Debatten der letzten Jahrzehnte ein, die aus meiner Sicht zusammenfassend in Richard David Prechts »Anna, der liebe Gott und die Schule« allumfassend, kompetent und verständlich in wunderbar philosophischer Art und Weise vorliegen und diese Erkenntnisse eigentlich nur partizipiert und umgesetzt werden müssten. In »Anna, die Schule und der liebe Gott« wird erfrischend direkt

---

[42] aus dem Programm Roland Düringer: ICH – allein?, im Stadttheater Wiener Neustadt, gehört am 19.03.2015 von MIR – allein!

erklärt, was ein Kind berechtigterweise vom System Schule eigentlich zu erwarten hätte.

Demgegenüber steht der karge Output des Systems als Istzustand. Durchkämmt man Literatur und Quellen, findet man immer wieder viele gute Ansätze und auch Altbekanntes wird in einer immer wiederkehrenden Regelmäßigkeit neu formuliert und auch ausgesprochen, wie etwa »warum die Grundschule so wichtig ist .. « und dass »Mädchen die Schule mit guten Noten, Buben mit gutem Selbstbewusstsein verlassen .. «. Doch irgendwie ändert sich nicht viel und die Mädchen-Buben-Frage ist da ohnehin noch eine ganz andere Geschichte ..

Erwin Wagenhofer sagt in seinem Film »Alphabet - Angst oder Liebe«: »Fast alle Bildungsdiskussionen sind darauf beschränkt, in einem von Konkurrenzdenken geprägten Umfeld jene Schulform zu propagieren, in der die Schüler die beste Performance erbringen.« Und er bemerkt weiter: »WAS wir lernen prägt unseren Wissensvorrat, aber WIE wir lernen prägt unser Denken. Die Grenzen unseres Denkens werden von Kindheit an zu eng gesteckt. Wir bewegen uns in Denkmustern, die aus der Frühzeit der Industrialisierung stammen. Die Lehrinhalte mögen sich seither stark verändert haben, auch ist die Schule kein Ort mehr des autoritären Drills. Dennoch beherrscht die Fixierung auf normierte Standards den

Unterricht mehr denn je. ‚Leistung' als Maxime der Wettbewerbsgesellschaft ist weltweit zum unerbittlichen Maß aller Dinge geworden. Doch diese einseitige Ausrichtung lässt genau jene spielerische Kreativität verkümmern, die uns helfen könnte, neue Lösungen und Perspektiven für aktuelle Krisen zu finden.«[43] Dies ist nur EIN Beispiel dafür, dass es bereits viele gute Ansätze gibt, aber irgendwie hört keiner hin.

---

[43] erschienen im FALTER Verlag, 12.05.2014, in der Reihe Falters Feine Filme

Es ist nicht alles schlecht

Oft wird Schule als Last empfunden. Oft reden Kinder, aber auch Erwachsene negativ über Schule und Schulzeit als vergeudete Zeit. Das Schulsystem steht ohnehin oft in der Kritik. Aber ist Volksschule nicht auch und vor allem eine Gemeinschaft für Kinder, ein fröhliches Zusammensein mit Gleichaltrigen und für die Kinder die Herausforderung, ihr Bestes zu geben?

Ist nicht die Vertrautheit einer Klassengemeinschaft der erste nichtfamiliäre Kreis in den man tritt und als solcher automatisch wertvoll?

Und obwohl die Lehrer heute kein Staberl mehr in der Hand haben, das sie auch entsprechend benützen würden, und obwohl es, wie in jedem Berufsstand, solche und solche gibt, überkommt mich einerseits das altbekannte Gefühl, dass es grundsätzlich wohl immer besser ist, nicht mit ihnen, den Pädagogen, in Berührung zu kommen, andererseits: Warum eigentlich?

Und ich neige mehr und mehr dazu, ihnen eine echte Chance einzuräumen. Viele sind innerhalb der Zwänge ihres Systems echt gut und am System haben wir schließlich alle unseren Anteil, die einen mehr, die anderen weniger.

Dies bringt mich zu einem weiteren wichtigen Punkt, und dieser ist von größter Bedeutung, nämlich kurz über die Menschen zu reflektieren, die gemeinsam mit uns an unserem System herumbasteln, unsere Mitmenschen jeglicher Art und Herkunft.

Sozialer Anschluss ..? Nicht so wichtig!

Die Gesellschaft internationalisiert sich immer mehr. Vor allem in unserer Heimatgemeinde ist Zuwanderung und Migration ein stets präsentes, stets brisantes Thema. Ich möchte hier gar nicht näher darauf eingehen, weil diese Geschichte eine Geschichte über Schule und Charlotte sein soll, doch ganz ausklammern kann ich es nicht, weil es die Schulen AUCH betrifft.

Es ist falsch, wenn sich kulturelle Gruppen aufgrund ihrer bereits enormen Größe ghettoisieren, weil sie meinen, einen regionalen sozialen Anschluss gar nicht mehr notwendig zu haben. In unserer Heimatgemeinde gibt es mittlerweile eine derart großflächige und einschlägige Migrantencommunity aus ausschließlich EINEM Herkunftsland, die Integration als solche für sich selbst gar nicht mehr als nötig erachten. Sie sind sich selbst genug, weil sie so viele sind.

Sie sind *im Rudel* ausgewandert, was eigentlich klug ist. Bei uns tun das meist nur die Frauen *alleine*, weil sich das die Männer – sofern sie woanders wohnen – so erwarten und vorstellen. Sie [solche Frauen] verlassen freiwillig ihre Heimatgemeinden und ziehen zu ihren Männern, was sie meist doppelt und dreifach entwurzelt, weil sie sich – völlig alleine –

erst wieder ein soziales Netz spannen und beruflich anknüpfen müssen, was meist misslingt.

Doch zurück zu den Migrantenkommunen, die das offenbar klüger angehen.

Es sind genügend da, um eine ganz eigene gesellschaftliche Schicht und Gemeinschaft zu bilden, ganz genauso, wie sie es für richtig halten. Was wir Einheimischen denken und wollen, ist ihnen gänzlich egal. Und ich glaube, dieses Verhalten tragen sie auch teilweise mit ihren Kindern in die Schulen. Auf generell alle wird das wohl nicht zutreffen, jedoch auf viele. Wir wünschen uns Multikulturalität, nicht das Umschwenken von einer Monokultur auf eine andere. Denn mit welcher Berechtigung wäre dann auf einmal die andere, die neue Monokultur besser als unsere eigene alte? Schließlich geht es darum, unsere Heimat nicht gänzlich an eine andere Kultur zu verlieren, was teilweise ohnehin schon passierte. Und so kann sich jeder gut vorstellen, dass in den Schulen des Landes unglaublich viel Zeit für soziale Probleme aufgewendet wird, die für andere Themen dann fehlen. Umso wichtiger ist die Person, die da vor der Klasse steht.

Fairerweise muss man natürlich auch sagen, dass viele, viele kompetente und weniger kompetente Inländer UND Ausländer an unsern Systemen jeglicher Art, selbstverständlich auch und vor allem in unserem Schulsystem herumgurken. Freilich sind die zum Großteil und wir zum kleinen Teil mitverantwortlich für das was, und wie es in den Schulen unterrichtet wird. Da können wir uns alle nicht rausreden, obschon unser Einfluss leider verschwindend gering ist. Selbst wenn wir Elternvereinen beitreten, diesen gar vorstehen, Direktoren und Direktorinnen machen doch am Ende – im Rahmen des Erlaubten – was sie wollen und Lehrer und Lehrerinnen unterrichten – genauso im Rahmen des Erlaubten – wie sie es für richtig erachten und lassen sich in Wahrheit von niemandem da draußen dreinreden. Mit möglicher Kritik von Seiten der Eltern können sie nicht umgehen, weil sie kaum mit solcher konfrontiert werden. Welcher Vater oder welche Mutter würde es wagen, die Lehrer seiner Kinder zu kritisieren? Wer würde einen solchen Konflikt ausbaden? Das Kind! Wer würde einen solchen Konflikt gewinnen, besser gesagt, wer sitzt am längeren Ast? Der Lehrer, die Lehrerin! Ergo: Direkte Kritik oder freie Meinungsäußerung von Elternseite findet kaum statt. Das überlegt man sich eben zehnmal, ob man was sagt oder nicht.

Obwohl die Eltern wie die Löwen und Löwinnen hinter ihren Kindern stehen.

Aber vielleicht können wir alle den *gemeinsamen* Punkt finden, dass viele qualifizierte und viele weniger qualifizierte

Personen Entscheidungsfunktionen innehaben, und dass das schließlich auch innerhalb von Volks- und anderen Schulen der Fall ist.

Die von mir so geschätzte Kunstfigur Kurt Ostbahn hätte das vermutlich so kommentiert: »Das letzte Wort haben oft die größten Deppen!« Obwohl ich nicht mehr weiß, wer von beiden es sagte, der Willi oder der andere, der Kurti. Egal. Er bringt auf den Punkt, was ich auszudrücken versuche.

Zurück zum Ernst des Lebens.

Zurück in unsere Volksschule.

pädagogisch wertvoll – Pädagogin wertvoll

Das Schulsystem ist grundlegend und wichtig, aber nicht das Wichtigste. Wichtig ist, wie schon erwähnt, wer da in so einer Klasse vor den Kindern steht.

»Eine einzige Lehrkraft kann Lebenswege ändern«, habe ich mir sagen lassen[44], denn es ist eben nicht egal, wie eine Lehrkraft den Lernstoff transportiert und rüberbringt und es ist eben nicht egal, welche Person es insgesamt ist, in ihrem ganzen Tun und Handeln, in ihrer charakterlichen Art und Weise, mit ihren Überzeugungen und Paradigmen, nicht zuletzt mit ihrer Vergangenheit und Herkunft.

Jeder Mensch und damit auch jedes Kind kann und sollte heute Leadership ausüben, im Kleinen, in der Schule und im Alltag. *Umso mehr* sollen es Lehrkräfte tun. Schüler und Lehrer sollen sich und anderen zeigen, was alles möglich ist, innerhalb eines Bildungssystems, in dem der Bildungserfolg immer noch hauptsächlich mit dem sozioökonomischen Hintergrund und vor allem mit dem Bildungshintergrund der Eltern zu tun hat. Es geht darum, die wertvolle Wichtigkeit des Lehrerberufsstandes wieder in ein viel positiveres Licht zu rücken. Lehrer sind

---

[44] .. bei einem Vortrag von Teach For Austria an der Universität Wien 2014, http://www.teachforaustria.at, 18.05.2015

Meinungsträger und –multiplikatoren. Sie sollten möglichst courachierte Persönlichkeiten mit Handschlagqualität sein, die mit gutem Beispiel vorangehen, oder überhaupt vorangehen.

Meine Mama sagt oft: » .. die größte Enttäuschung heute ist, dass keiner mehr Rückgrat hat, kaum mehr jemand aktiv wird, und seine eigene subjektive Meinung sagt auch keiner mehr. Niemand gibt Prognosen oder Meinungen ab, niemand geht voran um Dinge zu bewegen. Alle warten immer, dass DER ANDERE was tut. Wenn der nix tut, was meist der Fall ist, tut niemand was, also alle tun nix .. «.

»Sehen! Verstehen! Handeln![45]«, das erwarten wir von unseren Mitmenschen, von unseren Eltern, von unseren LehrerInnen. Weil das aber auch IMMER ein gewisses Risiko mit sich bringt - schließlich könnte man ja auch daneben liegen - handeln und agieren nur mehr die Wenigsten. Ein solches Risiko will heute niemand mehr eingehen. Jeder will heute möglichst alles richtig machen und vermeidet Meinungsäußerungen und viele aktive Handlungen, die MÖGLICHERWEISE kritisch hinterfragt werden KÖNNTEN oder sich als unrichtig herausstellen KÖNNTEN. Diese gesellschaftliche Strömung ist leider deutlich spürbar und wenig erfreulich. Umso mehr wird Bildung immer noch vererbt.

---

[45] ebd.

Teachforaustria hat herausgefunden, dass 52000 Menschen in Österreich, im Alter zwischen 15 und 19 Jahren, derzeit in keiner Schule oder Ausbildung stecken. Wo sind die? Diese Jugendlichen haben wir offensichtlich verloren. Deren mögliches Potential ist nicht verfügbar. Möglicherweise hätte eine einzige gute Lehrkraft deren Lebenswege ändern können[46,] bevor unsichere, prekäre Lebenssituationen diese Jungen ins Negative ziehen. Schlechte Startbedingungen haben sicherlich viele und die Gedanken über die Wichtigkeit eines guten, positiven Bildungsstarts überkommen mich erneut und immer wieder. Vielleicht ist es ja überhaupt DIE Herausforderung unserer Generation, herauszufinden, welche Bildung wir der nächsten Generation angedeihen lassen, und wie wir das tun, um diese bestmöglich zu formen und die gesellschaftlichen Bahnen durch entsprechend möglichst richtige Weichenstellungen in geeigneter, wertvoller und –schöpfender Weise nachhaltig zu lenken und zu steuern, damit diese später nicht unnötig in dieser komplexen Welt, voll schwieriger Entscheidungen, ewig lang herummäandern um den richtigen Lebensweg - wenn überhaupt - zu finden.

Wenn das gelänge, welcher bravuröse, heldenhafte und nachhaltig innovative Verdienst das wäre.

---

[46] ebd.

Wickerl (Anton) Weinberger alias Waluliso, der Umwelt- und Friedensaktivist, dessen Name für Wasser, Luft, Licht und Sonne steht, stirbt 1996 in Wien, nachdem er sein Leben lang für Harmonie, Abrüstung und Frieden kämpfte. Dieses Wiener Original war übrigens auch gelernter Buchbinder. Meiner Mutter schenkte er in den 90ern in der Wiener Innenstadt am Stephansplatz einmal einen Apfel. Er war - wie nur wenige andere – von hoffnunsvollem Charma umgeben. Man hörte ihm gerne zu. Bei einem seiner letzten öffentlichen Auftritte verteilte er auf der Kärtner Straße Geld an Passanten, angeblich mit dem Hinweis: »Charakter zählt und nicht Geld. Politiker sind Spekulanten.«

Der Spruch »Es ist Zeit, dass man aus Heldenplätzen Friedensplätze macht!« soll auch von ihm stammen. Er, der oft auf der Donauinsel anzutreffen war, ist einer von denen, die absolut und ganz und gar kompromisslos für das eintreten, woran sie glauben. Genau deshalb ist er gar nicht wirklich tot und es gebührt ihm höchster Respekt.

Seine leiblichen, sterblichen Überreste ruhen am Zentralfriedhof.

Diana, Princess of Wales, die Königin der Herzen, von den Medien gejagt, stirbt am 31. August 1997 nach einem Autounfall in Paris und meine Mutter steht vor den Trümmern ihrer ersten

Ehe. Während Elton John »Candle in the Wind« in einer, für seine Freundin umgetexteten Version, bei der Trauerfeier für Lady Diana am 6. September 1997 in Westminster Abbey in London singt, sitzt meine Mutter am Klavier, dass sie niemals auch nur annähernd spielen konnte, und blickt über die Tasten auf die Terasse in den noch unkultivierten Garten. Von dem Moment an weiß sie, sie würde diesen Garten nicht mehr anlegen. Das würden andere tun. Hätte sie es doch nur gelassen. Ihr Leben wäre weit entspannter verlaufen.

Zurück zu Charlotte und ihrem Leben.

1997 flogen Oma und Opa auf die Kanarischen Inseln im Atlantik, nach Gran Canaria. Wenig später unternahm Charlotte mit ihren Schulkolleginnen von früher ihre erste gemeinsame Maturareise nach Kiel und sie genossen es in vollen Zügen, nämlich mit der Bahn. Im Nachtzug auf der Heimreise ging es heiß her und sie benahmen sich wie 18jährige Maturantinnen. Niemand machte ein Auge zu.

1999 wird das von Catherine Johnson geschriebene Drehbuch »MAMMA MIA!« gemeinsam mit Björn und Benny (ABBA) als Musical umgesetzt und in London uraufgeführt. Björn und Benny werden angeblich einmal dazu anmerken, » .. wir verdienen jetzt mit MAMMA MIA mehr, als in der gesamten ABBA-Zeit .. «.[47]

In der Silvesternacht vom 31. Dezember 1999 auf den 1. Januar 2000 wird gefeiert, auf der ganzen Welt. Der Begiff Millenium ist in aller Munde obwohl gar nicht der Beginn eines neuen Jahrtausends im julianisch-gregorianischen Kalendersystem gefeiert wird [denn erst wenn das Jahr 2000 vorbei ist, endete auch das zweite Jahrtausend!], sondern dass die Jahreszahlen jetzt mit einer »2« beginnen. Aber der Volksglaube misst solchen großen Ereignissen und Umbrüchen immer eine hohe Symbolkraft zu und belegt derartig einmalige Momente mit so vielen Hoffnungen, Wünschen und auch Ängsten. So hört man allerorts auch Geschichten über Weltuntergangsszenarien und andere apokalyptische Prophezeiungen. Aber: Nichtmal die Computer stürzen ab.

Obwohl die Tarot-Karten allerorts glühten, sind andere Orakel oder Weissagungen nicht erinnerlich geblieben, womit bewiesen wäre, auch moderne Orakel können Zukünftiges nicht vorhersagen.

_____

[47] aus http://abba.de/bio/die-band/, 21.03.15, ABBA.de Betreibergesellschaft mbH, Stresemannstraße 78, (Nähe Potsdamer Platz), 10963 Berlin

Zumal mit an Sicherheit grenzender Wahrscheinlichkeit davon ausgegangen werden kann, dass der Mensch selbst durch sein unachtsames, verantwortungs- und rücksichtsloses, herrschsüchtiges Verhalten die Menschheit auslöschen und seine Lebensumgebung durch Kriege, Seuchen und Hungersnöte vernichten wird. Hierbei handelt es sich um weit realere Gefahren, als sie von einer Orakelweissagung oder einem symbolträchtigen Milleniumsmoment je ausgehen könnten.

Der (allumfassende) Weltuntergang ist *vielleicht* noch weit, aber gewiss.

Im Lehrerkollegium

»Früher war es mehr ein freundschaftliches Miteinander. Lustiger war es auch«, erzählt mir Charlotte, denn innerhalb des Lehrerkollegiums wurde oft gefeiert, manchmal bis in die frühen Morgenstunden, vorzugsweise an Faschingsdienstagen. Diese Feste waren immer amüsant und lustig. Nachdem tagsüber mit den Kindern im Turnsaal ausgiebigst getanzt und gelärmt wurde, folgten oft lustige Feiern im Konferenzzimmer. Es kam dann schon vor, dass die eine oder andere Lehrkraft erst in den frühen Morgenstunden heimfand. »Das kann man mit heute gar nicht mehr vergleichen. Früher war die Gemeinschaft schon eine ganz andere! Damals war noch mehr Zeit für persönliche Beziehungen. Das findet heute kaum noch statt, weil dafür keine Zeit mehr scheint. Heute ist jeder gestresst und in seine Rolle gepresst und der Alltag läuft strikt nach Plan und Vorschrift ab. So ist das heute«, erzählt mir Charlotte und ich denke: »Es ist wohl überall dasselbe, keine Zeit für Nix. Und die Tage verstreichen ohne Freizeit.«

»In kleinen Schulen werden gemeinsame Projekte auch gemeinsam besprochen, vorbereitet und im Team durchgeführt,« erklärt sie mir, und so führte die »Direktorin

Schulolympiaden ein, die immer dann stattfanden, wenn auch die richtige Sommerolympiade stattfand.«

Und als im Jahr 2000 die Zeitrechnung in ein neues Jahrtausend springt, gibt es ab sofort auch Schulsportfeste in unserer Volksschule. Während die XXVII. Olympiade erst im Herbst 2000 im australischen Sydney stattfindet, findet die Schulolympiade schon im Juni davor statt, als Generalprobe sozusagen.

Die Turnhalle wurde zum Australien-Ausstellungsraum umfunktioniert, mit Zeichnungen, Bastelarbeiten und Informationen über den australischen Kontinent, die Stadt Sydney und über olympische Disziplinen. Da und dort gab es Bewerbe im Turnen, in Gymnastik, im Weitsprung und vieles andere mehr. Wie bei den echten Spielen in Australien auch, kam es auch hier bei den Sportvorführungen zu ganz besonderen Leistungen und es wurden hier wie dort einige ganz besonders herausragende Sportskanonen sichtbar.

Als im Bezirk die Kinderfaschingssitzungen begannen, formierte sich in der Schule eine Tranzgruppe rund um Charlotte. Wer sonst hätte das machen sollen? In den folgenden Jahren wuchs diese Truppe stetig, und handelte es sich anfänglich nur um die Gestaltung einer Kinderfaschingssitzung pro Jahr, so wurden mit der Zeit immer mehr Veranstaltungen durch Kindertänze angereichert. Ein Tanz hier, eine Vorführung da, ein Vortanzen beim Erntedankfest oder einem anderen Fest, spätestens ab den Tanzeinlagen zur Eröffnung des Ferienspiels 2003 war Charlottes Tanzgruppe etabliert. 2005 fing sie selbst im besten Alter zu tanzen an und damit gingen ihr die choreografischen Ideen praktisch nie mehr aus. Was urspünglich als Freigegenstand Bewegung und Sport begann, wurde nun zur Leidenschaft und immer perfektionistischer durchdacht und liebevoll vorbereitet. Sie überlegte sich immer neue Tänze, die sie mit den Kindern einstudierte und durch das ständige Üben hatte sie natürlicherweise immer einige Tänze im Repertoire, die sie bei Festen und Veranstaltungen mit ihren Kindern vorführen konnte. Saß eine Choreografie so richtig gut, wurde schon die nächste geprobt. Charlotte wurde damit zur kreativen Mitgestalterin vieler Festlichkeiten im Gemeindegebiet.

Die Olympischen Sommerspiele 2004, offiziell Spiele der XXVIII. Olympiade genannt, finden vom 13. bis zum 29. August 2004 in der griechischen Hauptstadt Athen statt. Nach den ersten Olympischen Spielen der Neuzeit 1896 und den inoffiziellen Zwischenspielen 1906, die vom IOC[48] nicht offiziell als

---

[48] Internationales Olympisches Komitee, Sitz: Lausanne, Schweiz

Olympische Spiele angesehen werden, wird Athen zum zweiten Mal Ausrichter der Spiele. Erstmals seit 1992 finden sie wieder in Europa statt und in der Volksschule unserer Gemeinde, da finden sie auch statt.

Die Aussicht auf Medaillen war für die Kinder immer ganz etwas Besonderes und bei der Siegerehrung waren alle gleichermaßen stolz.

Aufs Tiefste betroffen sind die Menschen zu Weihnachten 2004, als am 26. Dezember, nach einem Erdbeben im Indischen Ozean, eine gigantische Tsunamiwelle an den Küsten Thailands, Indonesiens und Sri Lankas eintrifft, die über 230 000 Todesopfer fordert, unter ihnen viele Touristen. Handykameras verbreiten die schrecklichen Bilder von Verwüstung, Tod und Verzweiflung über den ganzen Globus. Viele Europäer verlieren Angehörige, die in Thailand Weihnachtsfeiertage verbracht hatten. Die Wellen erreichen eine Höhe von über 20 Meter, manche berichten von 30 Meter hohen Monsterwellen. Doch egal wie hoch die Welle gewesen sein mag, sie war vernichtend und das Wort Welle bekommt ab sofort eine andere Bedeutung. Die Single »Perfekte Welle« der deutschen Pop-Rock-Band Juli wird nach der Tsunami-Katastrophe abgesetzt und von den meisten Radiosendern aus dem Programm genommen, weil der

Text über Nacht auf einmal eine grausige, ungewollte Doppeldeutigkeit hat, die im Moment keiner ertragen kann. Verständlich.

Weite Küstenabschnitte sind komplett zerstört, vernichtet, oftmals einfach verschwunden. Ab nun weiß jedes Kind, was ein Tsunami ist und was es bedeutet, wenn sich das Meer zurückzieht.

Im Juni 2005, im Alter von 35 Jahren maturiert meine Mutter. Viel zu spät. Sofort darauf beginnt sie mit dem Studium. Viel zu spät. Trotzdem folgen gute Jahre. Einiges wird klarer.

Die letzten Berufsjahre

Alles nimmt auch bei Charlotte seinen gewohnten Gang. Der anfängliche Berufsenthusiasmus hat sich längst gelegt. Ambitionen und Emsigkeit lassen natürlicherweise mit der Zeit etwas nach. Kein Mensch ist unermüdlich, auch meine Oma nicht, wenngleich der Beruf ihr immer noch über alles geht.

Seit 2006 wird auf dem Ground Zero, an der Stelle des am 11. September 2001 zerstörten World Trade Centers, das neue One World Trade Center, ein Wolkenkratzer mit über 540 Metern Höhe gebaut. Das neue Gebäude wird 2014 fertiggestellt werden.

Der ehemalige Kettenraucher Danzer gibt gegenüber dem Profil bekannt, an Lungenkrebs erkrankt zu sein, der Showmaster Rudi Carrell stirbt 2006 in Bremen und meine Eltern lernen sich kennen.

Danzer ringt mit dem Tod als meine Mutter ihr bisheriges Leben aufgibt und zu meinem Vater zieht, nicht ganz ohne Hintergedanke. Sie fühlte sich bisher ohnehin nicht richtig angenommen, weder daheim, noch in ihrer Heimatgemeinde, vor allem beruflich nicht. Da kam ein Ortwechsel gerade recht, augenscheinlich zumindest. Diese Fehleinschätzung würde sie noch bereuen, aber nicht mehr korrigieren.

Im Juni 2007 stribt Danzer im Kreis seiner Familie. Die Asche wird, seinem Wunsch entsprechend, angeblich vor der Küste Mallorcas dem Meer übergeben. Danzer ist tot und meine Mutter trauert, nicht um Danzer direkt, aber um das, was er verkörperte: ein legeres, jugendliches, wienerisch-melancholisches Gemüt, das irgendwie früher auch ihr anhaftete.

Diese - in der heutigen Zeit selten gewordene - Offenheit der Gefühle, die natürlich auch sehr verletzlich machen kann, schätzte Danzers Publikum stets, und diese Natürlichkeit war Teil seines Erfolges, sagt auch seine Tochter Daniela. (vgl. Krissmanek, 44)

Dann kam ich. Am 13. Dezember 2007 erblickte ich das Licht der Welt und für einen Moment war tatsächlich alles im Lot.

Abseits menschlicher Tragödien und Freuden strömen weiterhin und immer mehr und mehr Viertklässler in die Gymnasien des Landes. Hauptschule ist immer mehr negativ besetzt und gilt vielmehr als Garant für spätere, niedere und schlechtbezahlte

Berufsbiographien. Darum peilt jeder das Gymnasium an, besser gesagt die Eltern legen fest, »grundsätzlich sollte mein Kind jedenfalls und unbedingt SCHON ins Gymnasium gehen!« Reichen die Noten fürs Gymnasium nicht aus, ist die Enttäuschung oft groß. Versucht wird es meist trotzdem.

Einigen Eltern empfahl Charlotte tatsächlich, ihr Kind eher in die Hauptschule zu schicken. Das kam bei denen mithin weniger gut an. »Es kam wohl bei denjeniger schlecht an, die ohnehin vor hatten, das Kind *auf jeden Fall* ins Gymnasium zu stecken. In vielen Fällen wusste ich aber, das Kind würde es nur mit Mühe und Not schaffen und oftmals mit 5ern zu kämpfen haben. Auch auf den Vorschlag hin, es erst mit der Hauptschule und dann später vielleicht mit der Oberstufe zu versuchen, hielten Eltern meist an ihren ursprünglichen Vorsätzen fest.«, gibt sie kapitulierenderweise zu. Sie erinnert sich, dass nur sehr wenige auf solche Ratschläge hörten, obwohl sie als Lehrerin ganz genau wusste, die Kinder würden das Gymnasium mit viel Nachhilfe, Angst und Bauchweh wohl schaffen, aber zu welchem Preis, und obwohl sie oftmals eindringlichst davor warnte, schickten doch alle Eltern ihre Kinder aufs Gymnasium. Die Erfolgsquoten ihrer ehemaligen Schülerinnen und Schüler blieben oft im Dunkeln.

Im Sommer 2008 finden die XXIX. Olympischen Spiele zum ersten Mal in China, in der Hauptstadt Peking statt. Etwa 11100 Sportler treten in 302 Wettbewerben aus 28 Sportarten in 37 Wettkampfstätten an.

In unserer Volksschule gab es deshalb wieder umfangreiche Vorbereitungsarbeiten: in den Tagen vor der Volksschulolympiade herrschte stressige Betriebsamkeit. Wolfhart und Mathilda verpflegten das vorbereitende Lehrerteam und legten auch selbst mit Hand an. Diese Planung war in der Tat enorm arbeitsintensiv und 4 Lehrerinnen, samt Handarbeits-, Religionslehrerin und Hilfspersonal wurden gerade noch rechtzeitig fertig, ehe am Sonntag die sportlichen GladiatorenkämpferInnen auf der Schulwiese einritten. Jedes Schulfest war ein Highlight für sich und an jedes Fest erinnert sich meine Oma gern, wenngleich die Welt sich weiterdreht.

In der Nacht des 11. Oktober 2008 verunglückt Jörg Haider mit seinem Wagen in Lambichl, bei stark überhöhter Geschwindigkeit, als er alleine auf dem Weg nachhause ins Bärental ist. Opa Wolfhart berichtet am darauffolgenden Tag auf unserer Baustelle, dass » .. sein Freund verunglückt sei .. « Ein weiterer Grenzgänger, der gleichermaßen bewundert wie angefeindet wurde, ist tot. Seine Urne wird im Bärental beigesetzt.

Noch ein »armer« Großer geht. Wenig später stirbt der King of Pop, Michael Jackson im Alter von 50 Jahren in Los Angeles an einer überhöhten Dosis Propofol, einem Narkosemittel. Hingegen Barack Obama, Rechtsanwalt und Demokrat [er ist drei Jahre jünger als Jackson] kommt gerade erst. Er wird 2009 der 44. Präsident der Vereinigten Staaten von Amerika und ist damit der erste Afroamerikaner in diesem Amt. Er erhält im Dezember 2009 den Friedensnobelpreis für seine außergewöhnlichen Bemühungen um internationale Diplomatie und Zusammenarbeit zwischen den Völkern. Und: Er lässt hoffen.

In einem Kupfer- und Goldbergwerk in Chile werden im August 2010 33 Bergleute in 700 Metern Tiefe verschüttet. Nach Rettungsbohrungen, die international medial viel Beachtung finden, können alle 33 Verschütteten nach 69 Tagen mit einer Rettungskapsel erfolgreich – wie mit einem Fahrstuhl – am 70. Tag wieder ans Tageslicht gebracht und gerettet werden. Das Grubenunglück und *die Rettung der Kumpel* geht als *Wunder von San José* in die Geschichte ein. Andere Unglücke enden nicht so glimpflich.

Am 11. März 2011 passiert die Nuklearkatastrophe von Fukushima als Folge eines Erdbebens und einer darauffolgenden Tsunamiwelle in Japan. Alle erinnern sich sofort wieder an Thailand 2004. Das Epizentrum liegt 163 Kilometer neben dem Kernkraftwerk. Die Primärwellen erreichen Fukushima nach 23 Sekunden. Das Beben erschüttert die Reaktorblöcke, Notsysteme fallen aus. Wenig später treffen 15 Meter hohe Tsunamiwellen ein, die das Gelände und die Reaktoren bis zu 5 Metern überfluten. Es kommt zur Kernschmelze. Ein weiterer nuklearer Supergau nimmt seinen Lauf und ist nicht mehr zu stoppen. Große Mengen an radioaktivem Material kontaminierten Luft, Böden, Wasser und Nahrungsmittel zu Land und zu Wasser. Hunderttausende müssen ihre Heimat fluchtartig verlassen. Bettlägerige, komatöse oder unselbstständige Patienten und alte Menschen sterben, weil sie zurückgelassen werden müssen. Tiere verenden aus gleichem Grund. Die wechselnden Windrichtungen und Meeresströmungen tragen Radioaktivität in alle Himmelsrichtungen. Die Entsorgungsarbeiten werden voraussichtlich 30 bis 40 Jahre dauern. Die gesundheitlichen Spätfolgen sind – auch hier - nicht einschätzbar. Es häufen sich Suizide, die in Zusammenhang mit der Evakuierung oder den wirtschaftlichen Folgen der Katastrophe stehen und wieder bekunden Regierungen mehrerer Länder die Absicht, aus den Kernenergieprogrammen schrittweise aussteigen zu wollen. Wieder schränken Regierungen mehrerer Länder diese Absichten wenig später wieder ein.

Auf unserem Globus wohnen bereits fast 7 Milliarden Menschen.

Osama bin Laden, der staatenlose saudi-arabische Terrorist, Gründer und Anführer der Gruppe al-Qaida, Identifikations- und Symbolfigur verschiedener islamistischer Terrorgruppen, organisatorischer Kopf vieler Gewaltaktionen gegen die westliche Welt und Protagonist von 9/11 - und damit eine der meistgesuchten Personen der Welt – wird am 2. Mai 2011 von US-Soldaten in seinem Anwesen in Pakistan erschossen.

Gleichzeitig erscheint »Der Mann mit dem Fagott«, ein zweiteiliger Fernsehfilm, der die Familiengeschichte von drei Generationen (1891-2010) der Familie Bockelmann schildert, eine Saga von Glanz und Elend, Aufstieg und Fall, Angst und Triumph.

Apropos »Triumph«: Meine Mutter beendet ihr Studium und ist bei der akademischen Abschlussfeier anlässlich der Verleihung des Titels »Bakkalaurea der Philosophie« und beim feierlichen Schwur auf das Szepter der Universität Wien stolz wie nie zuvor. Ja, ihr Diplom nimmt sie in der Tat und berechtigt mit Stolz entgegen. Sie allein weiß, was es ihr bedeutet.

Der Show-Dino Gottschalk verabschiedet sich nach 151 Samstag-Abendausgaben von Wetten, dass .. ?, zum letzten Mal im schrägen Outfit, mit leicht untergriffigen Witzen und spektakulären Wetten. Die Sendung ist ohnehin nicht mehr das, was sie einmal war. Und während die Trackshittaz »Oida taunz!« und Andreas Gabalier »I sing a Liad für di« jodeln, und er, Gabalier, damit auch einige nervt, bringt der von mir sehr geschätzte Hubert von Goisern »Brenna tuat's guat« heraus, eine Missbilligung an die Gier und ein Vorwurf an Korruption in der Politik und Spekulation in der Finanzwelt und damit ein klares Statement gegen ungerechte Verteilung. Er weist zu Recht darauf hin, dass Weizen verbrannt wird, während Menschen (im 3. Jahrtausend n. Chr.!) immer noch hungern. Er spricht uns aus der Seele. Wir wissen, dass viele Systeme falsch laufen, kein Wunder, bei Raubtierkapitalismusmanier, wo alles erlaubt ist, was Gewinn verspricht. Und um es mit Wolfgang Ambos' aus »A Mensch mecht I bleib'n« aus 1982 auszudrücken: » .. weil es is' zum Speibn, es is zum Kotzen und zum Rean, wenn man sieht was die Leut' alles aufführ'n für des depperte Geld .. [49]«, sei hier in diesem Zusammenhang nur der Freund des [damaligen] Finanzministers der [damals] schwarz-blauen Regierung erwähnt mit seiner Aussage » .. wo war mei Leistung? .. «, als er in einem abgehörten Telefonat angeblich noch nachfragen muss, wofür er seine Provision IMMERHIN in Höhe von über € 700 000,-- denn eigentlich erhalten habe .. ?, weil er sich nämlich gar nicht mehr erinnern kann, was er für dieses Sümmchen den getan haben soll .. »Impertinenzler!«

Legendär wird dieses Zitat wohl, weil es irgendwie witzig ist, das ist es aber gar nicht, vielmehr bezeichnend für absolut unehrenhaftes Verhalten und korrupte Freunderlwirtschafterei. Scheußlich. Worum es dabei genau geht, ist unwichtig. Was zählt ist die Aussage, die selbsterklärend verrät, dass sie alle »den Hals nicht vollkriegen können.«

Wir stehen den Skandalen und Geschehnissen oft paralysiert und ohnmächtig gegenüber während DIE sich die Taschen füllen und WIR mit etwa 40 % Lohnsteuer und 20 % Mehrwertsteuer kämpfen. Das bedeutet, SIE stehlen uns mehr als die Hälfte.

---

[49] A Mensch mecht i bleib'n: Text und Musik von Hans Günther Hausner, »A Mensch mecht i bleib'n«, dies war immer die Grundeinstellung von Hans Günther Hausner, er ist immer Mensch geblieben, mit freundlicher Genehmigung von Eva Hausner, 2015

Und was ist das überhaupt für eine Welt, wo Wilderer Amok laufen, Sanitäter und Polizisten auf offener Straße erschossen werden, Kinder Jahre lang in Kellerverliese gesperrt werden und wegen solcher und anderer abnormer Grauslichkeiten, berechtigterweise, Schulen abgesperrt werden müssen, und das nicht im entfernten Amerika, sonder hier bei uns. Sie wissen selbstverständlich genau worauf ich anspiele. Auf das Monster aus Amstetten, das sich Freiheitsentzug, Sklaverei, Vergewaltigung, Inzest und Blutschande, sowie Mord durch Unterlassung nachweislich zuschulden kommen lies. Wie kann einem überhaupt all das auf einmal einfallen, und wenn, wie kann man damit leben?

Selbstverständlich ein Einzelfall, doch nach Kampusch und Amstetten sind wir uns da dann doch gar nicht mehr so sicher. Stellen Sie sich vor, es käme zu einem solchen grausamen Einzelfall, und es beträfe Ihr eigenes Kind, geschätzte Damen und Herren, so beträfe es Sie dann doch wohl zu 100%, oder nicht? Einzelfall hin oder her.

Lady Diana wäre im Juli 2011 übrigens 50 Jahre alt geworden.

Während unsere Volksschule ihr 40-jähriges Bestandsjubiläum beging, startete Charlotte in der Folge mit ihrer letzten 4. Klasse in ihr letztes Unterrichtsjahr und mit dem Schulfest im Juni nahte auch ihr allerletzter Schulschluss.

Am 8. Juni legte sie mit ihrer Tanztruppe auf der Bühne des Turnsaales ein fulminantes Finish hin. Ich war dabei und sah es mir an. Es war tatsächlich mitreißend und sehr beeindruckend. An diesem Tag beobachtete ich Charlotte genau. Die Melancholie, ihre ganz eigene, persönliche Traurigkeit der Stunde war spürbar. Nach diesem Abschied wird es keine Vorfreude auf neue Kinder im nächsten Herbst, keine Freude auf eine neue Klassengemeinschaft im kommenden Jahr mehr geben. Dieser Abschied war für immer. Ich fühlte mit ihr.

Abschied nehmen ist die schwierigste Lektion im Leben. Genauso ist es. Man muss das loslassen, woran man sich so sehr geklammert hat.

Schulschluss

Seit Jahrzehnten und mit derselben geordneten Regelmäßigkeit spielte sich in jedem Frühling der nahende Schulschluss immer in der gleichen Form ab. Die letzten Tests, die letzten Gespräche, viele Termine, viele Feste und Ausflüge waren durchzuführen und die Zeugnisse mussten vorbereitet werden. »Nachdem das ganze Jahr über umfangreiche Aufzeichnungen über schulische Leistungen geführt wurden, bemühten wir uns nun, ganz nach der gängigen pädagogischen Mode: Jeder kleinste Fortschritt muss belohnt werden!, möglichst gute Noten auszuteilen«, erzählt mir Charlotte. »Über jeden noch so kleinen Fortschritt, über jeden Strich und jeden Beistrich wurden Aufzeichnungen geführt, die Vorbereitungen für die Elternsprechtage waren dementsprechend umfangreich, auch die Notenberechnungen waren komplex, obwohl hier meist die Bauchgefühlnote mit der berechneten Note, nach Aufzeichnungen und Punkten, übereinstimmte«, schildert sie mir, » .. gelernt ist eben gelernt .. «, denke ich mir und erkenne, dass die sogenannten Nebentätigkeiten in der Tat recht breitgefächert sind. Kein Wunder, dass die Pädagogen im Verwaltungsaufwand ersticken, wenn die Dokumentationen immer genauer und üppiger werden müssen.

»Bei mir gab's eigentlich kaum je Katastrophenstimmung. Ich habe wenige 5er verteilt«, resümiert sie. Es war ihr immer wichtig, den Kindern ein gutes Fundament für später mitzugeben. Lesen, Schreiben, Rechnen und das selbstständige Arbeiten, das musste sitzen. Darauf arbeitete sie im vierjährigem Rhythmus stets hin. Im Halbjahr gab sie darum oft die schlechtere Note, um im Abschlusszeugnis, dann die bessere geben zu können, vor allem in den vierten Klassen war das wichtig, und es waren die Kinder selbst, die ihre eigenen Noten, wurden sie danach gefragt, meist schlechter einschätzten, als die Lehrerin. »Wir haben uns stets bemüht für jedes Kind noch hier und dort Punkte zusammenzukratzen, um nur ja alle Möglichkeiten in positiver Weise als Belohnung für jedes Kind auszuschöpfen«, weiß sie zu berichten und manchmal hätte gar die Direktorin selbst, in letzter Minute, hier oder dort noch auf einen 4er ausgebessert, um nur ja einen 5er möglichst vermeiden zu können.

»Schule müsse schließlich immer Spaß machen, dürfe nicht nur fordern, müsse auch spielerisch Freude bereiten. Schließlich soll jedes Kind immer gerne zur Schule gehen. Das war das neue Credo der Zeit«, schildert sie fast etwas betrübt.

Charlotte war immer um Erklärungen bemüht. Sie erläuterte Kindern und Eltern stets ausführlich, warum dieses oder jenes, in dieser oder jener Weise zu tun oder zu entscheiden sei. Auch den Eltern versuchte sie zu vermitteln, dass ein hart erkämpfter und geschaffter 3er weit wertvoller sei, als ein möglicherweise schöngefärbter 2er, der nur mit zwei zugedrückten Augen und viel Überwindungskraft, gegen jegliches Vorbildprinzip, eventuell vergeben werden könn(t)e. »Ein hart erkämpfter 3er ist wohl genauso kostbar, wie die zweifelsfrei hervorragende Leistung eines Kindes, das es vermag, ihre 1er nur so aus dem Ärmel zu schütteln«, dessen ist sie sich gewiss.

Sie verschenkte keine Noten und es war genau jenes äußerst gewissenhafte Prinzip, nachdem sie ein Berufsleben lang handelte. Ausnahmslos.

Ihre Devise war immer: »Nach Spaß folgt immer Ernst!«

Als Richtmaß galt: »In ein Achtelglas geht kein Viertelliter rein.«

Und ihre persönliche Maxime war stets: »Niemals Spott und Hohn dulden!«

Ihre Kinder sollten stets wissen, wie sie sich den anderen gegenüber korrekt zu verhalten haben. Sie predigte oft: »Was du nicht willst, dass man dir tu', das füg' auch keinem ander'n zu!« (sprichwörtlich) und ich denke gleichsam an den »kategorischen

Imperativ« von Kant, der in seiner Komplexität [»Handle so, dass die Maxime deines Willens jederzeit zugleich als Prinzip einer allgemeinen Gesetzgebung gelten könne!« (Waibl et al., 2007, Ethik, 731] stets zu denken aufgibt und an Kant sind schon viele gescheitert. Charlotte scheitert aber auch nicht an Kant. Es geht auch einfacher: »Verhalte dich immer so, wie du auch willst, dass andere sich verhalten!« Und genauso ist sie. Genauso handelt sie immer. Sie scheint sich stets zu fragen: »Kannst du wollen, dass sich der Nächste auch so verhält wie du?«

Es geht eben darum, ein »gesundes« Gemeinschaftsgefühl zu entwickeln, »in dem Sinne, daß man für das eigene Handeln und Denken nicht nur sich selbst verantwortlich ist, sondern auch allen anderen. Das könnte man als einen erweiterten kategorischen Imperativ im Sinne Kants verstehen.« (Ringel, 1991, 152) Ich persönlich würde die Betonung hauptsächlich auf »gesundes ..« legen. Man bleibt sonst ständig über. Man steht sonst nämlich immer und ausschließlich am Ende der Warteschlange und kommt niemals zum Zug. Auch das sollte man stets bedenken und im Hinterkopf behalten. Und das muss man den Kindern auch sagen, so, dass sie es verstehen und eigenverantwortlich danach handeln lernen, ohne dieses nunmehr legitime »Hintertürchen« zu missbrauchen.

Aber das *stets* vorbildhafte Handeln und die Rücksichtnahme auf den Nächsten, das gab Charlotte definitiv ihren Kindern mit auf den Weg, ihren eigenen noch viel mehr, ganz besonders dem Manfred.

Dennoch, ihren wachsamen Augen entging nichts. Sie sah hin, wenn sie es für notwendig erachtete und griff ein, wenn es nicht anders ging. Sie übersah geflissentlich unbedeutende kleinere disziplinäre Verstößlichkeiten und Firlefanzereien, solche, die es nicht wert waren, großes Aufsehen darum zu veranstalten. Ihr Geduldsfaden war lang. Sehr lang. Riß er, konntest du dich aber anschnallen.

Bei Disziplinproblemen wurde sie stets ruhig und sprach recht leise, »denn mit der nötigen Gelassenheit und dem Mut zur Pause, kommt man oft viel weiter, als mit Schreien«, ist sie überzeugt. Sie schrie nun wirklich sehr, sehr selten und ihre Kinder mussten niemals Angst vor ihr haben.

Charlotte hat ein Herz für Kinder. Gleichmäßig und wohlgesonnen schlägt es für uns.

Aber noch ein anderer Rhythmus war ihr wichtig: die Jahreszeiten und die damit verbundenen Feste. Sie schenkte den Festen im Jahreskreislauf stets Aufmerksamkeit und baute entsprechend meditative und spirituelle Elemente in den

Unterricht mit ein. Der Jahreszyklus im Kirchenjahr gab die Themen vor. Schließlich schaffen Frühling, Sommer, Herbst und Winter UND der Glaube stets Ordnung in unserem Leben und wir können uns daran festhalten.

Schule bedeutet auch Religion. Die Kirche war füher viel mehr Teil des Lebens. Sie bildete ein Band zwischen den Menschen, weil sie die Grundlage gemeinsamer Werte und die Basis darstellte, auf der Lebensregeln aufgestellt wurden. Am Sonntag traf man sich in der Kirche und nach der Messe standen die Leute beisammen und tratschten. Religion war Leben in der Gemeinschaft. Früher musste alles immer einer bestimmten Ordnung folgen, auch der Platz in der Kirche, die Frauen links, die Männer rechts. Tradition war wichtig und sie war - und ist es manchmal noch - dafür da, um über sachliche Gründe nicht nachdenken zu müssen. Früher waren die Kirchen bei den Sonntagsmessen noch gesteckt voll. Heutzutage ist das nur mehr an Festtagen wie Weihnachten und Ostern so. Ich glaube, dass es Charlotte schade findet, dass diese Form der Gemeinschaft immer mehr zerfällt. Ich denke, sie glaubt an Gott und genießt seine Nähe beim Erleben der heiligen Messe an Feiertagen und vermutlich fände sie es schön, dabei ihre ganze Familie versammelt zu haben. Die Kirche spielt heute aber keine bedeutende Rolle mehr. Vielen wäre es heute zeitlich ohnehin nicht möglich, auch noch diesen *Channel* zu bedienen.

In den Volksschulen ist der ökomenische Jahreskreislauf aber schon noch wichtig und Charlotte unterstützte das immer. Die Ordnung der religiösen Zeremonien und Riten sollte eingehalten werden, auch und vor allem in der Schule. Die Kirche hat ihre Fehler und Schwächen, doch ist sie dennoch eine bewährte Form der Gemeinschaft, die Menschen über Egoismus und Grenzen hinweg verbindet und ich glaube sie integriert Religion aus innerlicher Überzeugung, nicht deshalb, weil es die Schule so verlangt hätte. Wir leben heute aber immer mehr in einer Zeit der metaphysischen Heimatlosigkeit und auf die Kirche hören wir reichlich wenig. Jeder ist mobil. Das Freizeitangebot und das daraus resultierende Freizeitprogramm, das abgespult wird, ist riesig und mannigfaltig. Orientierungspunkte bilden nicht mehr Kirche, Zeremonien und Riten, sondern das Fernsehen, Computer- und Handykulturen. Internet, Smartphones und Tablets, die Medien dominieren unser Leben, wenn wir es zulassen. Homepages, Webseiten, Twitter, Facebook, das MUSS alles bedient und konsumiert werden. Unsere Götter heißen heute Macht, Geld und bedingungsloses Vertrauen in die Technik, und alle kommen heute digitalisiert daher. Bereitwillig ordnen wir uns all dem unter. Unser Nutzen bleibt vage.

Wenngleich: man kann die Entwicklung nicht aufhalten, das ist ein Trugschluss. In der Geschichte der Menscheit gibt es kein freiwilliges Zurück. Diese Hoffnung können wir getrost entlassen.

Ich glaube aber, dass Menschen einen Bereich des außerweltlichen brauchen um sich unhalten zu können. Das können Kirche und Religion – egal wie man dazu stehen mag – geben. Meine Oma lebt danach.

Und ein weiteres Mal gab es Noten.

Ein letztes Mal war Schulschluss.

Abschied nehmen

»Als Lehrerin muss man ständig Abschied nehmen. Viele Menschen und Kinder stehen einem für eine begrenzte Zeit nahe und gehören für eine gewisse Zeit zum engeren Kreis. Sie verewigen sich in unserem Gedächtnis mehr oder weniger und sie hinterlassen ihre Spuren in unserem Herzen. Ist die Volksschulzeit vorbei, verlassen diese Kinder den zeitbegrenzten, engeren Kreis und auch die Lehrerin muss sie gehen lassen. Die einen gehen hinaus ins Leben und die anderen beginnen mit der Lehrerin in einer neuen ersten Klasse wieder von vorne.« Und in ihrem Gesicht ist ablesbar: »diesmal nicht, dieser Abschied ist für immer.«

Mit 60 Lebens- und nach 40 Dienstjahren ging sie mit Ende des Schuljahres als Volksschullehrerin in Pension. So viele Generationen begleitete sie durch die Schulzeit und damit auch durch die Kindheit. So viele wuchsen ihr ans Herz. Wie viele Stammbücher reichte sie von einem Kind zum nächsten, mit Sprüchen darin wie »Rosen, Tulpen, Nelken .. « und wie viele Rotstifte besaß sie eigentlich in 40jähriger Lehrtätigkeit? Auch der rote Korrekturfineliner ging nun mit ihr in Pension. Ich glaube keines der Kinder und schon gar nicht die Eltern dachten sich » .. nun geht sie endlich in Pension. Gott sei Dank.« Im

Gegenteil: die Klassen jubelten nicht, weil sie ging. Vielerorts hörte man Bedauern darüber und zwischen den Zeilen die Sorge um die Ungewissheit, wer danach wohl kommen würde. »So etwas wie diese Lehrerin kommt nicht mehr«, hörte ich, und: »Für Sie freut es mich sehr, für uns weniger!«, hörte sie. Diese Komplimente nahm und nimmt sie stets mit nachhause.

Als die neue Schulbibliothek eröffnet wurde, war Charlotte nicht mehr (aktiv) dabei. Mit einer Autorenlesung wurde die neue, kindgerecht gestaltete Schulbibliothek eingeweiht und eröffnet. Ich werde in dieser neuen Bibliothek oft sitzen, an meine Oma denken und mich über die Vielzahl der Bücher freuen. Mein Oma indes freut sich über viel Freizeit in der Pension.

Am Ende wird Charlotte, *der Frau Volksschuloberlehrerin* und Schulrätin vom Landesschulrat für NÖ zum 40jährigen Dienstjubiläum der *besondere Dank* ausgesprochen und ich denke »Oberlehrerin«, die Bezeichnung gibt es tatsächlich?

»Wie oft wohl bin ich in meinem Leben schon diesen Weg gegangen?«, denkt sie, während sie – wie immer – eiligen Schrittes den Einkauf nachhause schleppt. »Dich kann man nicht zum Einkaufen schicken,« hört man ihren Mann seufzen, »du kommst ja nie daher!«, murmelt er noch als Draufgabe in seinen

Bart hinein. Aber für eine pensionierte Lehrerin gibt es immer so viele Ablenkungen, so dass ein Gang zum Supermarkt unweigerlich ein Vielfaches der Zeit in Anspruch nimmt, als es dauern müsste. Sie trifft ständig Menschen, die sie einmal unterrichtete. Und noch viel öfter trifft sie Mütter und Väter ehemaliger SchülerInnen, die wiederum gerade dabei sind, sich durch ihre Berufsausbildung zu kämpfen. Und natürlich interessiert es Charlotte, wie es all denen nun geht, die sie selbst mit all' ihren Kräften, genau darauf vorbereitet hatte. »Da kommt man unweigerlich ins Gespräch. Das ist wie mit kleinen Kindern oder Hunden, hast du die dabei, wirst du immer angesprochen. Bist du Lehrerin, gilt das genauso«, pointiert sie, »das ist eben so! Da kann ich dann auch nicht einfach so weiter gehen .. «. Wenn sie es dann geschafft hat, die Einkäufe heimzubringen, kann sie meistens eine persönliche, äußerst umfangreiche Ausbeute vorweisen, viele verschiedene detailreiche Ausführungen über kleinere und größere Erfolgsgeschichten ihrer ehemaligen Zöglinge, mehr oder weniger stark übertriebene Erfolgsbilanzen der Eltern über die angebliche Hochbegabung ihrer Kinder. Doch sie ist es gewohnt, Rat und Hilfe durch ein offenes Ohr zu spenden. Sie interessierte sich immer für die Bedürfnisse und Nöte ihrer Kinder und versuchte immer zu helfen. Das kann sie heute nicht so leicht abstellen.   Sie ist eben gerne unterwegs. Jederzeit ist sie zu Botengängen bereit, und zum Ausschwärmen in die Stadt. Dabei kommt man doch unter Menschen und sie füllt dabei ihren Nachrichtenspeicher wieder auf. Es gibt viele Menschen, die ihr Leben anderen zur Verfügung stellen. Meine Oma ist eine davon. Sie lebte und lebt für ihre Kinder, für ihre eigenen und die anderer. Deshalb erleidet sie nun in ihrer Pension keinesfalls einen Leerlauf, niemals. Das Gegenteil ist oft der Fall. Wie einst ihre Mutter für ihre Enkelkinder, ist sie nun für mich, Isolde und Manuela uneingeschränkt da. Sie versucht die Werte, die sich in ihrem Leben gut bewährt haben, an uns weiterzugeben. Sie ist unsere »Wertefütterin« (nach Erwin Ringel, der [1991] schrieb: »Wir sind die ‚Wertefütterer' unserer Kinder. Aber, wie schaut es diesbezüglich aus? Ganz schlimm, denn die Erwachsenen glauben selbst oft nur mehr an materielle Werte. [..] .., dann kommen sie müde und erschöpft nach Hause und haben weder Werte, noch Kraft und Zeit für eine Wertvermittlung. [..] Und wer wertelos aufwächst, der ist bedroht, den Sinn des Lebens nicht zu finden.« (Ringel, 1991, 30))   Sie hat den Sinn in ihrem Leben   tatsächlich   gefunden   und   versucht   uns   ihre Wertmaßstäbe und Handlungsregeln nahezubringen. Sie besteht auf ein respektvolles Miteinander und bewahrt den Überblick über die inzwischen groß gewordene Familie.

Sie lässt weg, was entbehrlich scheint und respektiert auch unsere Mütter und Väter, was niemals selbstverständlich ist. Sie lehrt uns miteinander zu reden, zu schweigen, Verständnis zu haben und die anderen zu achten. Sie lebt uns etwas von dem vor, von dem sie ausgeht, dass es seine Wichtig- und Richtigkeit hat. Obwohl die Welt in der ich mich zu behaupten haben werde, anders sein wird, als die in der meine Eltern oder Großeltern sozialisiert wurden.

Ich werde etwa im Jahr 2075 oder gar 2080 in Pension gehen, wenn man dann überhaupt noch von so etwas wie einer Pension, wie wir sie heute kennen, sprechen kann. Auf der Erde werden dann etwa 11 Milliarden Menschen leben, wobei der europäische Bevölkerungsanteil schrumpfen wird, während etwa der afrikanische astronomisch wachsen wird. Völkerwanderung und Migration wird ständig stattfinden. Die Welt und die Gesellschaft wird komplett anders sein.

Die Berufswelt auch.

Wie wird mein Job im Jahr 2030 aussehen? Werde ich einen haben? Ich werde als Berufseinsteigerin dann völlig neue Herausforderungen zu stemmen haben. Nachrichten werden am Tablet konsumiert, wenn überhaupt, Zeitungen aus Papier werden jedenfalls ein unrentables Minderheitenprogramm sein.

Pressefreiheit ist nicht mehr »die Freiheit von 200 reichen Leuten, ihre Meinung zu drucken« (nach Paul Sethe[50]), sondern die Freiheit von über zwei Milliarden Menschen mit Internetzugang, ihre Meinung ins Netz zu stellen. (vgl. Wolf, 2013, 55-56) Und weiter: »Nicht mehr ‚zweihundert reiche Leute' verbreiten ihre Meinung, sondern Abermillionen, die dafür nicht mehr brauchen als einen Zugang zu einem Computer oder einem Smartphone und einen Zugang zum Netz.« (Wolf, 2013, 56)

Bloggerzeitalter hin oder her. Wer soll, und vor allem wann diesen ganzen ungefilterten Müll lesen? Kein Wunder, dass wir alle nervös werden, ob dieses Überangebotes an Meldungen und Kommentaren. Obwohl: Ich muss gestehen, in die Bloggerwelten noch niemals eingetaucht zu sein.

Es ist aber in der Tat paradox: Einerseits werden wir heute mit Nachrichten und Botschaften im Überfluss zugeballert. Andererseits wird aber immer weniger gesagt. Kaum jemand trifft eine Aussage oder gibt ein Statement ab. Man ist umgeben von Zurückhaltung, Unsicherheit und Ahnungslosigkeit. Erschreckend manchmal und unglaublich eintönig und

---

[50] »Pressefreiheit ist die Freiheit von zweihundert reichen Leuten, ihre Meinung zu verbreiten.« Das hat vor etwa 50 Jahren (1965), der damals sehr bekannte deutsche Journalist Paul Sethe in einem Leserbrief an das Wochenmagazin Spiegel geschrieben. (vgl. Wolf, 2013, 55)

langweilig. Überlegen Sie mal kurz, geschätzte Damen und Herren, wie oft Sie täglich hören: » .. keine Ahnung .. «, und das nicht nur von den Jungen.

Dieser Widerspruch und diese Entwicklung machen mir sehr zu schaffen und ausgerechnet Joachim Fuchsberger in seinem Buch »Altwerden ist nichts für Feiglinge« sagt dazu etwas Kluges, nämlich dass wir möglicherweise alle überfordert sind und »den Wald vor lauter Bäumen nicht mehr sehen«. Außerdem: »Ich glaube, eines der großen Probleme liegt darin, dass unsere sprachliche Verständigung versagt. Wir verstehen die eigene Sprache nicht mehr, [..] die Computerfachsprache wird nur noch von Freaks verstanden, die Jungen verständigen sich in einem Vokabular, das alten Leuten unbekannt bleibt.« Und jetzt kommts: »Als einziges Lebewesen verfügt der Mensch über die Sprache, um miteinander zu kommunizieren. In einem babylonischen Durcheinander von Fachsprachen aber droht jegliche Kommunikation unterzugehen. Als Mittel der Verständigung scheint die Sprache immer unbrauchbarer zu werden. Statt qualitativ reden wir quantitativ, statt einfach und verständlich zu sagen, was uns freut, was uns ärgert, was uns Angst macht, ziehen wir [es] vor zu quasseln, wir tauschen statt Gedanken lieber Worthülsen aus. Und wo es gar nicht mehr geht, behelfen wir uns mit Piktogrammen. [..]« (Fuchsberger, 2013,

148-149)   DANKE lieber Herr Fuchsberger! Ich danke Ihnen vielmals. Besser hätte ich das gar nicht formulieren können. Danke dafür. Endlich sagt's mal einer.

Doch weiter mit unserem Ausblick in die Zukunft:

Wir werden ständig und ununterbrochen vor Staus aufgrund von Demonstrationen gewarnt werden, weil die klassische Parteiendemokratie längst einer neuen Bürgerdemokratie gewichen sein wird. Die Chinesen werden Konzerne mehrheitlich übernommen haben und Menschen werden es sich mit 60 Jahren noch überlegen, sich selbstständig zu machen. Der Staat wird viele Bereiche nicht mehr finanzieren können, Denkfabriken verschiedenster Art werden wie die Pilze aus dem Boden schießen und werden ihre Ideen in Computer einspeisen, die werden wiederum unzählige Zukunftsszenarien zimmern, die mehr oder weniger dann zu unseren Realitäten werden. Einschätzungen aber, kann eine Maschine nicht geben, weil das etwas mit innerem Gefühl, Erfahrung und Weitblick zu tun hat. Und genau das erwarte ich von meinen Bezugspersonen, von meinen Eltern, Großeltern, Tanten, Onkeln und LehrerInnen. Schließlich geht es darum meine realen, aber auch meine ideellen Weichen für meine Zukunft möglichst richtig einzustellen. Ein enorm wichtiger Schritt, ich denke sogar, der wichtigste und die wahrscheinlich bedeutendste Phase meines

Lebens. Wenn dies nicht optimal gelingt, wird alles was danach kommt auch nicht funktionieren, wenn überhaupt je so etwas wie Optimalität und allumfassende Zufriedenheit erreicht werden kann.

Es wird in der Zukunft immer mehr Jobnomaden geben, die projektorientiert arbeiten und dahin gehen, wo die interessanten und guten Jobs eben sind. Eine Erwerbsbiographie, die zehn oder 20 Unternehmen aufweist, wird bald ganz normal sein. Eine lebenslange Anstellung in der Geburts- und Heimatgemeinde wird eine Seltenheit sein. Die Computerwissenschaftler werden gefragte Leite sein und viele neue – heute kaum vorstellbare Berufe – wird es geben, wobei eine »08/15-Ausbildung aus heutiger Sicht« dann gar nichts mehr wert sein wird.

Die Guten werden sich spezialisieren und Nischen suchen, die sie gefragt machen. Und ich? Ich muss mir von meinen heutigen Bezugspersonen erwarten können, dass sie an mir echte Persönlichkeitsbildung zuwege bringen, denn normale Bildungsbescheinigungen werden dann längst nicht mehr ausreichen. Ich benötige eine robuste Identität, Charakter und ein festes Rückgrat um überhaupt eine Chance zu haben, und so wird meine Bildung zum Top-Thema in meiner Familie. Diese Vision muss unbedingt gelingen, denn wenn ich in Pension gehe, werde ich 55 oder gar 60 Jahre gearbeitet haben. Es muss mir glücken, diese Jahre mit befriedigender Sinnstiftung UND in gesicherter Existenz zu verbringen. Und um nochmals Ambros zu bemühen: » .. und I werd' alles dafür geb'n, das I des morg'n erreicht hab, wovon I heute noch träum .. «[51]

Ich würde mir ähnliche Sicherheit in der Erwerbstätigkeit und ähnliche stabile Lebenswege wünschen, wie meine Oma sie hatte und ich fände es schön, mir einmal ähnlich sicher in meiner Berufswahl zu sein, wie sie es schon 1967 war. Aber bis dahin wünsche ich mir erstmal eine Lehrerin voll Charme und Energie, voll Lebensfreude und Humor, voll Weisheit und Verständnis, voll Neugier, Klugheit und Erfahrung, eine Lehrerin, die Kinder mag, eine Lehrerin die genauso ist wie meine Oma.

---

[51] mit freundlicher Genehmigung von Eva Hausner, 2015

Meine Schultasche

Heute brachte der Osterhase meine erste Schultasche. Sie ist rosa, blau und weiß und sie glitzert an manchen Stellen. Eine wunderschöne Katze blickt lächelnd von der Rückseite herunter, ebenso vom Werkkoffer und dem Federpennal. Ich bekam eine Mappe und ein Schüttpennal im selben Design. Ich hatte große Freude und fühlte mich wieder ein Stück größer. Meine Oma erklärte mir gleich, nachdem ich meine Vorstellungen erzählte, was ich wie in welches Pennal geben wolle .. , was genau in das Federpennal kommen *müsse* und was in das Schüttpennal. Mathilda erklärte warum. Wenn nämlich die Buntstifte im Schüttpennal einmal runterfallen, dann brechen sie leicht. Darum gehören die Buntstiffte ins Federpennal, die anderen Stifte hingegen ins Schüttpennal. Außerdem, erklärte man mir, wenn es in der Klasse leise sein soll, beim Schreiben, dann dürfe man das Schüttpennal gar nicht verwenden, denn wenn jedes Kind so laut in seinem Schüttpennal kramen würde, dann stört das die anderen ..

Darüber hatte ich mir noch nie Gedanken gemacht. Ich war glücklich mit meiner neuen Schultasche und freute mich auf meinen ersten Schultag.

Ordnung muss sein, sonst wird man deppert. Keine Frage. Aber eine eventuelle Unordnung kann man natürlich auch dazu nützen um Noten zu verteilen. Das heißt, Ordnungsvorschriften dienen AUCH dazu, um zu bewerten. Gute Leistungen und Kreativität haben aber mit Ordnung an sich nur recht wenig am Hut. Man könnte auch provokant sagen, Ordnung tötet kreative Einfälle, wenngleich man Ordnung grundsätzlich natürlich halten sollte.

In der Nacht zum 11. Mai 2014 geschieht das Unglaubliche: Österreich gewinnt den 59. Eurovision Song Contest in Kopenhagen. Obschon wir keine obsessiven Eurovision Song Contest-Konsumenten sind, freut es uns dennoch doppelt, zumal good old Europe die Grundbotschaft von Conchita Wurst versteht: »Sei wie du bist und begegne Menschen mit Respekt und Liebe – alles Andere ist unwichtig!«

Spätestens seit »Ich, Conchita – Meine Geschichte. We are unstoppable.« (erschienen 2015[52]) kennen wir sie alle, die wunderschöne Kunstfigur mit Bart. Sie hat für uns den Song Contest nicht nur gewonnen, sondern auch nach Wien geholt. Sie

---

[52] Ich, Conchita - Meine Geschichte. We are unstoppable. 1. Auflage 2015, 192 Seiten mit über 90 zum Teil unveröffentlichten Fotos, LangenMüller (2015)

selbst schreitet in großen Schritten Richtung Weltkarriere. Es sei IHR vergönnt, ER ist ja schließlich äußerst sympatisch.

Übrigens: Waluliso wäre 2014 100 Jahre alt geworden. Stellen Sie sich die beiden nebeneinander vor. Was für ein Bild. Doch zurück zum Song Contest. Der Fernsehmoderator Andi Knoll lässt sich *live* zu einem »jetzt hat uns die den Schaas g'wonnen« hinreißen und wird erstaunlicherweise einige Monate später dafür geehrt mit dem »Spruch des Jahres 2014« für eine »überrascht-ironische Reaktion« des ORF-Moderators. »Es handelt sich dabei nicht nur um einen originellen Ausspruch, sondern auch um eine Handlung, die große Spontanität und Mut des Sprecher zeigt.«[53], meint die Jury.

Das Wort des Jahres wird »situationselastisch«. Das Wort kann nur aus der Politik kommen, klar, es kann alles heißen.

---

[53] aus http://steiermark.orf.at/news/stories/2682569/, 10.12.2014, ORF.at

Die Wurst

Auch der bekannt tolerante und situationselastische Herr Fischer[54] lässt sich breit grinsend mit ihr [der Wurst] fotografieren. Alle freuen sich über den Sieg von Vielfalt und Toleranz. Alle sind aus dem Häuschen. (vgl. Reichel, 2014, 6) Doch weniger der Freudentaumel, mehr das Erscheinungsbild der Wurst befremdet. Irgendwie stimmt was nicht, denke ich mir und wage es nicht mal auszusprechen: »Dieser Hype um die Homosexuellen und ihre unerschöpfliche Vielfalt gehen mir auf den Keks, und zwar gehörig. Ich kann diese allumfassende Anbetung des Andersartigen, besonders der Homosexuellen nicht mehr ertragen.« Darf man das sagen?

Obwohl, ja, die Wurst ist sympatisch, aber auch irgendwie abstoßend, als undefinierbares Zwitterwesen, das unter dem Pippi Langstrumpfsyndrom[55] leidet. (vgl. Reichel, 2014, 47)

Und ich finde einige Monate später zufällig mein komisches Gefühl in dieser Sache bestätigt, und zwar in Werner Reichel et. al. »Das Phänomen Conchita Wurst. Ein Hype und seine

---

[54] Heinz Fischer, amtierender österreichischer Bundespräsident, SPÖ, *1938

[55] »Zwei mal drei macht vier, widewidewitt und drei macht neune, wir machen uns die Welt, widewide wie sie uns gefällt.« [aus: Das große Astrid-Lindgren-Liederbuch]

politischen Dimensionen.« Die Autoren sprechen offen aus, was ich mir schon längst denke. Unter anderem etwa, dass sich »Homosexuelle heute wie eine Art Minderheiten-Adel gebärden und trotz ihrer offensichtlich medial-öffentlichen Privilegierung an ihrer ,Opfer'- und ,Diskriminierten'-Rolle festhalten, die ihre Macht sichert.« (Reichel, 2014, 19) Mir missfällt schon längst das omnipräsente narzisstische Geltungsbedürfnis der (Schwulen-)-Szene und dass sie gleich behandelt werden wollen, und ,Rechte' einfordern, ohne gleichzeitig alle Pflichten übernehmen zu wollen.[56] Heute fühlt man sich als Hetero-Normalo ja tatsächlich schon als Auslaufmodell im Gegensatz zur nächsten Stufe der menschlichen Evolution.[57]

In gleicher Weise geht es mir übrigens mit den Begleiterscheinungen im Zusammenhang mit der Migrantenflut aus vorzugsweise muslimischen Ländern. Das wird mir auch echt schon zu viel. Aber: Vor allem mit dem Islam legt man sich ja bekanntlich *besser gar nicht* an. Das könnte ins Auge gehen. Oder? »Die politisch-korrekten Duckmäuser lieben es [zwar], die religiösen Gefühle von ungefährlichen Katholiken zu verletzen. Aus der sicheren Deckung der Mehrheitsmeinung kann man leicht den Helden spielen. Beim nicht ganz so

---

[56] vgl. ebd. 26
[57] vgl. ebd. 51

toleranten Islam würden sie das niemals wagen.« (Reichel, 2014, 57)

Doch zurück zur Wurst.

Spätestens jetzt werden die Schwulen, Lesben und andere sexuelle Minderheiten zur noch stärkeren Lobby in Europa und sie bekommen enormen Rückenwind, denn die Wurst hat eine breite Schneise geschlagen. (vgl. Reichel, 2014, 61-61) Die tatsächliche Botschaft heißt schon lange: Totale Toleranz für alle und für jeden, ganz egal wie abnorm oder abartig eine/r sein möchte. Er/sie darf alles um sich selbst zu verwirklichen, solange er/sie kein Gesetz bricht und er/sie es sich leisten kann. Aber: Es muss nicht überall Toleranz drin sein, wo sie draufsteht.[58] »Man kann, darf und muss den Zeitgeist [bei Zeiten] und die Ziele des politischen Mainstreams kritisch hinterfragen, auch wenn man dafür als reaktionärer Spießer verunglimpft wird.«[59]

Und so werden dem ohnehin schon gegen die Wand krachenden Wohlfahrtsstaat noch weitere kostspielige Regeln und Reglements übergestülpt[60] [gleiches gilt für das Migrationsproblem] und unser aller Leben wird bis ins letzte Detail geregelt. »So wie auch im Kommunismus oder im Islam

---

[58] vgl. ebd. 76-77
[59] ebd.
[60] vgl. ebd. 80

wird mittlerweile mit unzähligen Geboten, Verhaltensnormen, Vorschriften und Regeln der Alltag der Menschen von der Wiege bis zur Bahre bestimmt und geregelt. Freiräume gibt es kaum noch.«[61] Und: *alles* was wir tun, tun wir *immer* mit Helm!

Und niemand wagt Kritik. »Offenbar dürfen Schwule alles sagen, während jeder andere sofort als ‚hasserfüllt' gesehen und am liebsten vor den Richter gestellt wird [..].« (Reichel, [Unterberger], 2014, 96)

Kein Wunder, dass sich niemand mehr etwas sagen traut. »Besser lieber doch den Mund halten!«, denkt sich jeder.

Auch in Schulbüchern soll angeblich Homosexualität in sehr rosigem Licht dargestellt werden. (vgl. Reichel, [Unterberger], 2014, 93) Ich bemerke schon seit geraumer Zeit, dass es nun öfter vorkommt, dass klassische Kinderbücher toleranzkonform umgeschrieben werden, um Stereotype zu zerstören. Damit werden die Geschichten aber oft ihrer eigentlichen Aussage beraubt und aus dem historischen Kontext gerissen, in dem sie geschrieben wurden und verkommen oft zu ideologischen Erziehungsbüchern. (vgl. Reichel, [Michels], 2014, 183) Dabei sollten den Kinder vielmehr die Augen dahingehend geöffnet werden, dass es eben unterschiedliche Strömungen mit ihren unterschiedlichen Auswüchsen und Prägungen gab und gibt und

---

[61] ebd.

dass es klug und vorteilhaft ist, sich der historischen Paradigmen der jeweiligen Epoche bewusst zu sein. Das würde das Verständnis der Dinge an sich erhöhen. Ich meine damit Folgendes: Pippi Langstrumpf beispielsweise MUSS man in dem historischen Kontext sehen, in dem sie entstanden ist, nämlich ab 1941. Damals machte man sich wohl eher die Sorge, Pippi gäbe ein schlechtes Vorbild für die Kinder ab. Auch dass ein Kind Autoritäten ignoriert, war in der Entstehungszeit schier undenkbar.

Heute wäre eben eine Darstellung einer (Kinder-)Figur in Strapsen unvorstellbar. Ein für Toleranz und Akzeptanz werbendes Transgender-Plakat[62] hielt ich allerdings bis vor kurzem auch für undenkbar. Ich wurde eines anderen belehrt. Wenn das Erwachsene iritiert, wie ergeht es denn dann den Kindern? Es geht mir nicht darum, mit erhobenem Zeigefinger dafür einzutreten, dass »soetwas nicht sein darf« und zu verbieten sei. Ganz und gar nicht. Es geht mir um die Chance auf Verstehen und um die Chance Unbehangen und Unsicherheit zu zerstreuen.

---

[62] Anlässlich des Life Ball (2014) inszeniert der Fotograf David La Chapelle ein Transgender-Model (Carmen Carrera) unter dem Motto »Ich bin Adam - Ich bin Eva - Ich bin ich« nackt im »Garten der Lüste« und zwar sowohl mit männlichen als auch mit weiblichen Geschlechtsteilen.

Es geht um die – übrigens immer möglichen – unterschiedlichen Betrachtungsweisen einer Sache oder eines Phänomens. An ein solches differenziertes Denken muss man herangeführt werden und das muss man lernen und vor allem üben. Das sollte Schule immer tun. Elternhaus übrigens auch.

Allein Du Nicolina fragst mich ständig, ob diese oder jene Person nun ein Mann oder eine Frau sei. Das zeigt mir Deine oftmalige Verwirrtheit und ich muss oft sagen »Ich weiß es auch nicht!« Auf »Manderl oder Weiberl« konnte man sich doch bisher wenigstens verlassen. Das ist nun auch vorbei.

Auch bei Pippi wurde übrigens – Sie ahnen es schon - toleranzkonform umgeschrieben: »Die rassistischen Bezeichnungen ,Neger' und ,Zigeuner' sind passé [..]. Der Verlag Friedrich Oetinger, in dem Astrid Lindgrens Bücher erscheinen, strich all diese Bezeichnungen. Eine Änderung wollte die Autorin Zeit ihres Lebens zwar nicht, und auch die Erben waren anfänglich dagegen, aber der Verlag konnte schließlich auf sie »einwirken«. In den Neuauflagen ab 2009 ist nun etwa nicht mehr vom ,Negerkönig', sondern vom ,Südseekönig' die Rede.« (Die Presse, 2010)[63]

---

[63] http://diepresse.com/home/panorama/integration/579386/Kein-Negerkonig-mehr-bei-Pippi-Langstrumpf, Die Presse (online) 06.07.2010, Abfrage: 18.05.2015.

Eine heutige, moderne Pippi hat oder hätte wohl mit der Ur-Pippi nicht mehr so viel gemeinsam und man stelle sich vor, was man an der Geschichte und den Figuren alles toleranzkonform ändern müsste, damit die Story allen notwendigen Anforderungen entspräche?

Verstehen Sie mich richtig. Ich habe nichts gegen Neuinterpretationen oder gegen das Hinterfragen von alten Denkmustern. Hinterfragen ist immer gut! Aber den Wertewandel der letzten 50 Jahre muss man den Kindern erklären. Man darf sie mit ihren eigenen Interpretationen nicht alleine lassen. Das lässt sie nur herummäandern und in Unsicherheit verfallen.

Mit Pippis Tiefsinn, damals wie heute, könnte man sich noch lange beschäftigen. Mit der Wurst auch. Doch im Moment darf man einfach nur dem Gruppendruck der allumfassenden Toleranz für alles und jeden nicht entgegenlaufen. Ja, man muss die Wurst tatsächlich mögen, man darf sie gar nicht nicht mögen. Und so führt Vater Staat [ORF] erstmals selbst Regie bei der Inszenierung eines pädagogischen Lehrstückes, wobei es gilt das Volk ‚gayfriendly' zu machen und die Toleranzschwelle wird mit der Wurst um ein weiteres Stück nach hinten verschoben. (vgl.

Reichel, [Michels], 2014, 101)   Gleichzeitig wird das engmaschige Netzt um die Intoleranten immer enger gezogen.[64]

Die LGTB[65]-Lobby will bekehren und *auf Linie bringen* (vgl. Reichel, [Michels], 2014, 102) und hat mit der Wurst als Prototyp des neuen durchgegenderten Menschen eine/n wahrlich respektable/n Talisman, äh –frau geschaffen, denn »sie ist Mann, sie ist Frau, sie ist alles, was ihr gerade gefällt [à la Pippi], oder wie sie selbst [die Wurst] sagt: , .. ich bin davon überzeugt, dass im 21. Jahrhundert wirklich JEDER Mensch das Recht hat, so zu leben, wie er möchte, solange niemand anderer in seiner Freiheit eingeschränkt oder verletzt wird ..'. Doch letztendlich will die Wurst nicht nur leben, wie es ihr gefällt (und was ihr in der Tat KEINER verbietet), sondern sie will, dass ihr Lebensstil, der nicht der gesellschaftlichen Norm entspricht, von der Gesellschaft als Norm(alität) anerkannt wird.«[66] Tolerant hingegen ist tatsächlich nur der/die, der/die andere/n respektiert, auch wenn er/sie genau diese Überzeugungen eben nicht teilt. Und es amüsiert mich die Bemerkung Leiners »[..] Nur so nebenbei gesagt stelle ich mir

---

[64] vgl. ebd. 185
[65] Abkürzung für Lesbian, Gay, Bisexual und Transgender, also Lesben, Schwule, Bisexuelle und Transgender
[66] ebd. 105

die Frage, ab wann wir gezwungen sein werden, den Schnurrbart der Billa-Verkäuferin um die Ecke attraktiv zu finden.« (vgl. Reichel, [Leiner], 2014, 192)

Doch regelkonform stimmen derweil selbstverständlich noch alle in den Jubelgesang der Wurst ein, sowie sie alle in den Willkommensgesang einstimmen wenn es darum geht, dass Migranten unser Land einnehmen und zu ihrem machen. Aber das darf man ja alles nicht laut sagen, nichtmal Zweifel anmelden. Das Credo der Zeit ist schließlich: Jeder darf alles, kann er es nicht aus eigener Kraft, helfen wir ihm dabei und greifen ihm – zumindest finanziell – unter die Arme. Wir haben's ja [noch].

Demnach: Toleranzverweigerer darf man heute keiner sein. Schließlich tendieren wir dazu, uns stets der mehrheitlichen Meinung anzuschließen und Intolerante sind out und werden als Toleranzverweigerer eher gehasst und ausgegrenzt. Wer will schon als ‚schlechter Mensch' gebrandmarkt dastehen? Und so gehen sie alle auf in der Zeitgeistkonformität und stimmen ein in den Jubelgesang der allesumfassenden Toleranz für alle und für jeden. Ich möchte heute ehrlich gesagt nicht mit einem homosexuellen oder einem islamischen Mitbürger eine Auseinandersetzung vor Gericht austragen. Ich bin sicher, ich wäre als Normalo auf der generell schwächeren Seite, ganz egal worum es sich handelt. Und damit gehört wohl die Gleichheit vor dem Gesetz aller Bürger de facto tatsächlich einer fernen Vergangenheit an (vgl. Reichel, [Michels], 2014, 151) sofern es sie überhaupt je gab.

Es geht offenbar – und das spüre ich schon lange – um Sonderrechte für bestimmte Bevölkerungsgruppen[67] und um ein systematisches Ausschalten jeder Meinung, die abweicht von dem, was die Toleranz-Anbeter für tolerant halten.[68]
Warum das so ist, ist subtil und dem kann hier nicht weiter nachgegangen werden. Mein Gefühl aber sagt mir einmal mehr, dass wir eher zurück, als vorwärts schreiten.

Wenig später wird die Wurst als die »Goldene Adele[69]« auf Plakaten erscheinen und ich muss mir eingestehen, wo sie erscheint, *muss* man hinschauen. Sie IST schön anzusehen. Ungewöhnlich. Aber schön. Die Wurst ist überall. In jeder Zeitung, Zeitschrift, sie/er begegnet uns überall. Googelt man »Wurst« erscheint sie [die Wurst] sofort und unmittelbar auf dem zweiten Rang, gleich hinter dem Nahrungsmittel.

---

[67] vgl. ebd. 155
[68] vgl. ebd. 161
[69] Bildnis der Adele Bloch-Bauer I, von Gustav Klimt, 1907, Öl, Silber und Gold auf Leinwand, Jugendstil

Nach dem Riesenerfolg von Conchita Wurst geht also [nachweislich] ein Toleranzruck durch die Reihen, der diese Welt der 7,2 Millarden Menschen ein weiteres Mal um viele Möglichkeiten reicher und bunter macht, die Chance auf Verständnis der Dinge an sich aber, wieder um einen weiteren Schritt schwieriger und komplexer macht und ich werde nicht müde wieder und wieder zu behaupten, dass es in einer Welt voller Missverständnisse und Komplexität, in der die Möglichkeiten immer mehr, die Bedingungen für ein Verstehen der Dinge und das Finden von befriedigenden Lösungen aber immer schwieriger und schwieriger werden, für mich immer wichtiger wird, Persönlichkeiten an meiner Seite zu finden, die mich an gut machbare Möglichkeiten und Denkweisen heranführen.

Eine moderne Alltagsphilosophin als Mentorin an meiner Seite, dass wäre das Beste überhaupt. Aber bis es soweit ist, muss ich mich wohl an meine erste Lehrerin halten.

Also darf ich mich voll Eifer auf die 1. Klasse freuen, die ich ab nun besuche. Ich höre am ersten Schultag aber nichts von »Waldpädagogik, Bachwanderungen, Tierspurensuchen, Buchstabentagen, Adventfeiern oder Kürbisfesten .. «. Na ja, zumindestens gehen wir in eine Bäckerei, zum Eislaufen oder ins

Theater. Ein Polizist wird auch kommen. Wir werden ins Kino gehen und Wandertage abhalten. Das wird es alles geben. Und meine neue Lehrerin ist jung, sehr jung. Und zwischen Notfallblatt und Mitteilungsmappe denke ich an meine Oma und daran, wie das alles wohl bei ihr in der Klasse abgelaufen wäre.

Was werde ich hier wohl noch alles lernen? Kann ich mich hier auf mein Leben *vernünftig* vorbereiten?

Der FALTER schreibt 2014: »Seine Lieder vereinen Generationen, seine Karriere hat Maßstäbe gesprengt. Udo Jürgens, Österreichs einziger Entertainer von Weltformat, wird 80 Jahre alt.«[70] Er schrieb an die 1000 Lieder und verkaufte rund 100 Millionen Schallplatten und CDs. Seine berühmte Bademantel-Zugabe fehlt bei keinem Konzert und es kommt nicht selten vor, dass drei Frauengenerationen einer Familie zusammen ins Udo-Jürgens-Konzert gehen.[71] »Auch er ist ein Genie, jedoch nicht mit selbstzerstörerischen Tendenzen, wie etwa Oskar Werner oder Falco. Ihn hat das Erreichte, ganz unösterreichisch, immer angespornt [..]«[72], schreibt Fasthuber

---

[70] auf http://www.falter.at/falter/2014/09/23/unterm-bademantel-gaensehaut/
[71] vgl. ebd.
[72] ebd.

2014.[73] Mich hat er (UJ) schon lange nicht mehr vom Hocker gerissen, ganz im Gegenteil, er wurde mit immer unsymphatischer, aber das liegt vielleicht daran, dass man sich eben verändert.

Joachim *Blacky* Fuchsberger stirbt im Alter von 87 Jahren. Er schrieb auch einige schöne Liedtexte für Udo Jürgens, der seinen Freund gern zitierte, vor allem nach Erscheinen dessen Buches »Altwerden ist nichts für Feiglinge«. Der beliebte Schauspieler und Entertainer spielte und begeisterte in unzähligen Rollen, unter anderem 1973 im Kinderfilm »Das fliegende Klassenzimmer« nach dem gleichnamigen Roman von Erich Kästner.

Als Autor muss ich sagen, hat er [Fuchsberger] mich – mit Ausnahme des vorhin Zitiertem [siehe S. 147] – eher weniger überzeugt, wenngleich einige amüsante Passagen schon dabei waren. Er bezeichnet beispielsweise seine Frau Gundel nicht nur als *bessere Hälfte* sondern auch als »Meine Regierung«, der er viel zu verdanken habe. Sie habe auch immer darauf geachtet, dass »nichts verplempert« wurde, das heißt, sie hat die Finanzen und alles andere *gemanaged* und darauf geachtet, dass der Fuchsberger-Laden gut läuft. Dazu Blacky Fuchsberger: »Meine Regierung! Sie wurde zur einzigen Obrigkeit, die ich akzeptiere,

---

[73] aus http://www.falter.at/falter/ausgabe/falter-3914/

weil ich weiß: Was sie tut, tut sie zu meinem Besten, auch wenn ich manchmal nicht sofort begreife, was das Beste für mich ist.« (Fuchsberger, 2010, 23)

Mein liebes Kind,

ich werde immer versuchen *das Beste* für Dich zu finden. Es möge mir gelingen. Diese wichtige Sache möge mir doch BITTE gelingen!

Björn Ulvaeus (ABBA) sagt 2014, über einen möglichen gemeinsamen Auftritt von ABBA anlässlich des 40-Jahr-Jubiläums des Sieges beim Eurovision Song Contest (1974) bei einer der letzten »Wetten, dass..?«-Sendungen: » .. man habe darüber geredet, wäre allerdings zu dem Schluss gekommen, es sei besser, wenn man ABBA als junge, dynamische Gruppe in Erinnerung behalten würde .. «

ALLE wissen: Sie kommen nie mehr wieder zusammen.
ABBA ist Geschichte, auch wenn wir noch so oft »MAMMA MIA!« ansehen, das zur Zeit immer noch sehr populär ist, zu recht, denn die Geschichte der alleinerziehenden Mutter Donna und ihrer Tochter Sophie, die kurz vor ihrer Hochzeit steht, trifft nicht nur den aktuellen Zeitgeist, sondern amüsiert enorm, nicht zuletzt duch das Auftreten der reizenden beiden

Jugendfreundinnen, der alleinstehenden Rosie und der mehrmals geschiedenen Tanja, die meiner Meinung nach FABELHAFTE Charaktere darstellen und etwas ausdrücken, das man selten findet, nämlich köstlich ehrliche Selbstironie. Ja, man kann auch über sich selber lachen, obwohl so manche Mit-Vierzigerin bei »MAMMA MIA!« auch schon weinte.

Hinzu kommt noch ABBAs herrliche und wunderbare Musik, die uns ohnehin durchs Leben begleitet. Egal ob als Film mit Meryl Streep und Pierce Brosnan - die beide übrigens hervorragend singen UND autenthisch rüberkommen - oder als Musical, »MAMMA MIA!« muss man mehrmals gesehen und gehört haben und dass »MAMMA MIA!« noch dazu in Griechenland spielt, macht die Geschichte nur noch symphatischer. Alles in allem: Eine amüsante, großartige Produktion! Man kann sich der Faszination dieser Songs einfach nicht entziehen. Punkt.

Pierce Brosnan sagte nach Abschluss der Dreharbeiten angeblich, »er habe die angebotene Rolle sofort angenommen, weil er die Aussicht auf eine Zusammenarbeit mit Meryl Streep im sommerlichen Griechenland äußerst verlockend fand«. Das kann man verstehen.

Meine Mutter sieht oft Nachrichtensendungen im Fernsehen. Als sie kürzlich wiedereinmal die News verfolgt, sage ich zu ihr

»Warum wissen die da drinnen eigentlich so viel, und wir nur so wenig?« Meine Mutter hebt den Kopf in meine Richtung und denkt » .. so viel Weisheit, in einem so kleinen Kopf .. « Papa sagt, »wir wissen nicht wenig! Wir wissen leider viel zu viel!«, und Mutter entgegnet schwermütig, » .. wir wüssten viel zu sagen, es hört uns aber keiner zu!«, und als der Nachrichtensprecher wieder Gehör findet, werfe ich erneut ein, » .. was der da sagt, ist ein Blödsinn. Der sagt immer das Gleiche!«

Ich bin noch ein Kind und verstehe recht wenig von der Welt. Aber meine Mutter sagt oft: »Fragen führen immer wohin! Mit Fragen stellen kommt man immer weiter. Feste Antworten hingegen, festigen nur eingefahrene Standpunkte.« Und dieser Punkt, *die Beharrlichkeit nämlich!!* ist von größter Wichtigkeit! Es gibt in der Kindheit so enorm viele (noch) verborgene Wichtigkeiten, die man (noch) nicht erkennen kann. Diese hidden skills aber werden später über meine Erfolge oder Misserfolge entscheiden. Ich MUSS früh ahnen, was später wichtig werden KÖNNTE!

Über das Sichtfenster, besser gesagt Brillenglas der Google-Brille und später dann der Google-Kontaktlinse - an beidem wird schon längst gearbeitet - werden wir bald das komplette

World-Wide-Web-Wissen augenblicklich zur Verfügung haben, und zwar nicht nur immer wenn wir einsteigen, wie bisher, sonder tatsächlich immer, augenblicklich und jederzeit, erklärt uns der deutsche Philosoph und Publizist Richard David Precht[74] und ich bin von der Wahrheit seiner Prognose überzeugt. Wir sind dann damit [der Google-Brille oder Google-Kontaktlinse] ständig und unaufhörlich mit allem verfügbaren Wissen, besser ALLEM Verfugbaren, online verbunden. »Das macht das alte klassische Lernen von Wissen eigentlich unsinnig«, sagt Precht[75]. Man kann ohnehin alles nachlesen und nachschauen und bald mit einem Augenzwinkern vor die Linse laden ..

Und: Google weiß alles!

Es macht heute eigentlich keinen Sinn mehr, ganz viel Wissen zu erwerben, das man erstens später ohnehin nicht braucht, und zweitens ohnehin rund um die Uhr parat hat und nachlesen kann. Das macht den klassischen Besitz und Erwerb von viel Wissen an sich ziemlich wertlos.

Wertvoll hingegen wären die *nonkognitiven Fähigkeiten!*, nämlich etwas über mich selbst zu lernen, zu lernen, wie unsere

---

[74] .. bei einem Vortrag von Prof. Dr. Richard David Precht zum Thema »Vom Wert der Bildung für eine zukünftige Gesellschaft« am 25.09.2014 in Kirchschlag i.d.Buckligen Welt
[75] ebd.

Mitmenschen ticken, damit wir mit Gleichaltrigen und anderen umgehen können. Wir müssen lernen in Teams zu operieren. Wir müssen lernen, uns vor Aufmerksamkeitsraub zu schützen, damit wir der Unterhaltungsindustrie nicht schutzlos ausgeliefert sind. Es wäre ungemein nützlich, wenn wir von all den wichtigen sozialen Kompetenzen, die später von uns verlangt werden, vorher schon einmal was gehört hätten. Von allen diesen wertvollen Erkenntnissen, oder eben Nicht-Erkenntnissen, wird später meine Zukunft abhängen. Und um es mit dem Philosophen Precht nochmals genauer zu sagen: » .. geschmeidig müssen wir sein, eine starke Persönlichkeit haben, sich in andere Leute hineinversetzen können .. «, das ist heute von enormer Bedeutung. Und mir fällt auf, dass Wörter wie »geschmeidig« oder »elastisch« in letzter Zeit sehr, sehr oft *auch offiziell* verwendet werden. Das hätte es doch früher nie gegeben. So, nämlich geschmeidig und elastisch, sind wir doch nicht erzogen worden. Wir haben auch nicht gelernt so zu denken. Das fällt uns heute auf den Kopf.

Vielmehr: Wir müssen lernen mit Niederlagen umzugehen, müssen lernen uns zu bewähren, uns in der Komplexität der Dinge zurechtzufinden und zu orientieren. Wir müssen ein Bewusstsein für Ernährung entwickeln, um Fehlernährung vorzubeugen. Wir müssen lernen uns wieder Zeit für Wertvolles zu schaffen[76], anstatt uns mit Entbehrlichem zuzumüllen ..

DAS alles würde uns fit fürs Leben machen.

Wir müssen nicht wissen was ein Pronomen ist. Es reicht aus, es zu benutzen, wenn wir es brauchen. Punkt. Das theoretische Wissen wann, wo und warum Pronomen verwendet werden, brauchen lediglich Linguisten und Deutschlehrer, sonst niemand auf dieser weiten Welt. Im Projektmanagement etwa, DEM Zukunftsberuf, wo es beispielsweise darum geht ein Stahlwerk in Europa abzubauen, um es in China wieder neu aufzubauen, müssen wir – als Spezialisten – mit den Chinesen richtig gut zusammenarbeiten, Vertrauen herstellen, mit den Banken gut klarkommen, flexibel sein, kreativ und geschmeidig [hier ist es wieder!] agieren, selbstständig arbeiten und dabei keine Probleme verursachen, sondern sie lösen. Allein bei den Themen »Geld, Gewinn, Marge, .. « sind völlig neue Spielregeln am Dampfen und wir sind nicht darauf vorbereitet! Zum Erlernen all dieser [neuen] enorm wichtigen Fähigkeiten ist es natürlich wichtig, Experten aus der Praxis in die Schulen zu holen, die mit den Lehrern entsprechend kooperieren. Um Zeit für diese wichtigen Themen zu finden, müsste natürlich etwas weniger

---

[76] ebd.

von dem - ohnehin nachschlagbaren - Müll gelernt werden. Dass die Lehrer darauf nicht vorbereitet sind, ist für Precht sonnenklar.[77]

Das in etwa trug der Philosoph anlässlich seines Vortrages am 25. September 2014 in Kirchschlag im Passionsspielhaus vor, und er sprach mir dabei derartig aus der Seele, dass ich es kaum glauben konnte. Ich liege mit meiner Einschätzung richtig. Ja, ich liege *tatsächlich* richtig. Viele meiner Gedanken zum Thema bringt er gekonnt und zu 100 Prozent authentisch auf den Punkt.

Und ich muss sagen, »der traut sich was«: Er stellt sich vor ein Publikum, von dem er annehmen kann, dass es zu 95 Prozent aus Pädagogen und Pädagoginnen besteht und wettert souverän über Missstände im Schulsystem und lässt sich auch von Fragen aus dem Publikum, qualifiziert oder unqualifiziert keinesfalls aus der Ruhe bringen. Dazu kann ich dem Philosophen nur mit seinen eigenen Worten gratulieren: »Auch eine stabile Rethorik, eine Eloquenz, ein sicheres Auftreten, das zu erlernen wäre enorm wichtig. Wer frei von Unsicherheit Themen interessant vermitteln kann, dem hört man zu, und: frei reden können ist ein Wettbewerbsvorteil sondergleichen, abgesehen davon, dass es

---

[77] ebd.

befriedigend ist, sich frei von Zwängen und Unsicherheit ausdrücken zu können.«[78]

Bravo Herr Precht, das haben Sie in der Tat schön formuliert. Ich kann mir nur wünschen, Sie würden mehrere solche Vorträge halten. Den Pädagoginnen und Pädagogen des Landes kann ich nur empfehlen mehr solche Vorträge zu besuchen. Vielleicht beginnt sich im System was zu bewegen. Auf die Politik brauchen wir denke ich nicht zu warten.

Den meisten Handlungsspielraum haben die Lehrer und Lehrerinnen selbst. Sie sind vorort. Sie haben die Macht in der Klasse. Aber: Die Lehrer und vor allem die Lehrerinnen wurden schließlich auch einmal innerhalb des gültigen gesellschaftlichen Wertesystems sozialisiert, das nicht immer emanzipatorisch oder aufklärerisch war, früher noch weniger als heute. Oft bleiben alte Vorurteile und gewisse Einstellungen ewig bestehen, eingefahrene Geschlechterrollen und Familienherkünfte sind oft schlagend. Gute Noten sind wichtig, ein gesundes, kräftiges Selbstbewusstsein aber mindestens genauso, um im späteren komplexen Leben nicht zu frustrieren. Vor allem die Mädchen müssen sich mehr in die erste Reihe stellen, ob nun die Note ein Einser oder ein Zweier oder gar ein Dreier ist, ist dabei gar nicht so wichtig, solange man

---

[78] ebd.

durchkommt. Für sich selbst und für's Leben die richtigen Erkenntnisse zu gewinnen, die nötigen Fertigkeiten zu erwerben und die Weichen auf richtigen Kurs zu stellen, das ist die Kunst! Eine klare Alltagsphilosophie und Orientierung bei allen möglichen Fragen des modernen Lebens zu entwickeln, das ist erstrebenswert!

Was bedeutet heute Freundschaft? (angesichts Facebook), was ist Glück? (angesichts Stress und Geldsorgen), bin ich ein Egoist, wenn ich mich mal nur um mich kümmern will? (angesichts der Vorgabe, stets an die Anderen denken zu *müssen*) und darf ich in der Klasse Raum für mich einfordern?, nachfragen?, nochmal nachfragen?, die Lehrerin für mich ganz alleine einnehmen, in aller Ruhe meine Fragen wieder stellen, um endlich befriedigende Antworten auf MEINE Metafragen zu erhalten?

Erhalte ich Antworten, mit denen ich etwas anfangen kann, und wird sich die Lehrerin überhaupt darauf einlassen? Wird sie überhaupt in der Lage sein, meine Fragen zu beantworten, zumal sie jung ist und meine Frage ganz sicher nicht im Lehrplan steht?

Oder wird sie mir nur antworten: »Bleiben wir beim Thema. Diese oder jene Frage ist im Moment nicht so wichtig. Schließlich müssen wir den Stoff durchbringen.« Und wird sie anschließend strikt nach Lehrplan vorgehen, sodass meine eigentliche Frage, dem Zeitdruck und ihrer eigenen Unwissenheit zum Opfer fallen wird? Und werde ich mich dann dem System gleichschalten, letztendlich nicht mehr nachfragen, weil ich mehr dann schon gar nicht mehr werde wissen wollen? Darum geht es doch letztendlich, während der Schulzeit etwas zu entfachen, anstelle von etwas abzutöten, damit wir Kinder neugierig bleiben, um diese Neugier dann später auf höhere Dinge lenken zu können. »Man vergesse nie, dass das Lernen ein klassisches ‚Symptom' der Neugier ist. Es wird der lernen, der neugierig, gespannt, interessiert ist, etwas Neues zu erfahren. [..] Wo die Neugier fehlt, fehlt gleichsam der ‚Rückenwind' für das Lernen und man muss sich statt dessen dazu zwingen: ein schlechter Tausch! Wo die Neugier unterdrückt wird, wird gleichzeitig auch die seelische Kraft unterdrückt, die hinter dieser Neugier steht.« (Ringel, 1991, 29)

Und er [Ringel] sagt auch über die Schule ganz klar: »Die Phantasie soll natürlich nicht nur zu Hause, sondern auch in der Schule gefördert werden. Wir brauchen die Schule - man kann es [schon 1991 und davor!] nicht oft genug sagen - , die nicht nur Wissen vermittelt, sondern auch das Wachstum des kreativen Menschen fördert. Die Neugier, die Phantasie, die

Unternehmungslust, das Bewältigen neuer Aufgaben und den Umgang mit der Gefühlswelt, das alles brauchen wir in der Schule.«[79]

Er führt weiter aus, und diese Passage gefällt mir exorbitant gut, weil er unser Leben mit einer *reifen* Frucht vergleicht: »Eltern und Lehrer sollten sich bemühen, keinen Beitrag dazu zu leisten, dass aus der lebendigen Frucht das tote, wenn auch schmackhafte Kompott wird. In meiner Vorstellung heißt leben, eine Frucht sein und reifen. [..] Die Methoden, die in der Schule oft gehandhabt werden, vernichten die lebendige Frucht, ihr Wachstum, ihre Lebendigkeit, ihre Kraft, ihren Saft.«[80]

So viele Fragen vor dem Hintergrund des heutigen Zeitgeistes wären neu zu überdenken, damit man sie neu beantworten kann, weil man sie letztendlich zumindest für sich selbst beantworten muss.

So viel kann man heute – übrigens immer - falsch machen: »Man kann die falsche Grundschule, die falsche weiterführende Schule, die falsche Universität, die falsche Fachrichtung, die falschen Auslandsaufenthalte, die falschen Netzwerke, den falschen Partner und den falschen Ort wählen.« (Bude, 2014, 19)

---

[79] ebd. 31
[80] ebd. 32-33

Bei jedem dieser Durchgangspunkte bzw. Weichen findet ein Auslesewettbewerb statt, bei dem manche weiterkommen und viele auf der Strecke bleiben.[81] Es gilt demnach bei denen dabei zu sein, die in die richtige Richtung stapfen. Es geht früh los und nimmt anscheinend kein Ende. »Man braucht schon die richtige Nase, das nötige Kooperationsgeschick, den nüchternen Beziehungssinn und ein Gefühl fürs Timing [..] [So] Ist das Einzelschicksal immer mehr Ausdruck seiner guten oder schlechten Wahlen im Lebenslauf.« (Bude, 2014, 19)

DANKE Herr Bude. Jetzt wissen wir es. Für uns [Mütter, 40+] kommt das leider etwas zu spät. Das Einzige was bei uns immer größer wird und zu unermesslichen Größen reift, das sind unsere Frustrationstoleranzen gegenüber jeglichen Enttäuschungen und Niederlagen. Bitter.

Für mein Kind könnte es sich aber noch ausgehen, sofern wir es eben schaffen die richtigen Wege zu finden und auch einzuschlagen. Performanz heißt heute das Zauberwort. Wir MÜSSEN uns in Szene setzen können. Es ist wie die »Reise nach Jerusalem«: viel zu viele konkurrieren um die wenigen Sitzplätze, (vlg. Bude, 2014, 50-51) denn wir alle sind in Wahrheit die Betrogenen, weil immer mehr Leute um immer

---

[81] vgl. ebd.

weniger hochdotierte Positionen konkurrieren.[82] »Man muss ein Extra bieten, das einen klüger, glänzender und wagemutiger als der graue Rest erscheinen lässt. Schließlich heißt die unbarmherzige Devise: ‚The winner takes it all!‘«[83]

Und schließlich: wären all diese Checker und Macher UND damit Entscheidungsträger charismatische ‚Alpha-Typen‘, dann könnte man das ja noch einigermaßen verstehen.[84]

Aber: »Angesichts der vielen Luschen jedoch, die den Ton angeben, geraten die Verlierer, die leer ausgehen, in Rage. Man hasst das System, die Demokratie und den Kapitalismus gleichermaßen.«[85] DANKE Herr Bude! Auch das hilft [mir]. Ich dachte schon, ich wäre ein wahrhaft *bösartiger* Mensch, dabei bin ich nur eine von vielen gedemütigten Verliererinnen. »Das heruntergeschluckte Rachemotiv äußert sich in Antriebsblockaden, Rückzugstendenzen und in einer Haltung des Beleidigtseins vom Leben überhaupt. Man wollte doch wie alle anderen auch nur einen Platz an der Sonne erobern und musste erleben, wie man übergangen, bloßgestellt und aussortiert worden ist. Das sitzt alles so tief und so fest, weil aus der Sicht der Ausgeschiedenen und Übergangenen

---

[82] vgl. ebd. 49
[83] ebd. 51
[84] vgl. ebd. 57
[85] ebd.

Grundannahmen eines fairen Miteinanders verletzt worden sind.«[86]

Nichts also mit Kants kategorischem Imperativ und auch *doch* nichts mit der Oma vorbildlichem Verhalten. Heute gilt das alles längst nicht mehr. Aber das muss man doch wissen, damit man sich rüsten kann. Und wir wissen liebe Oma, du handeltest [immer] nach bestem Wissen und Gewissen aber: das von Dir immer wieder gepredigte »rücksichtsvolle hinten Anstellen« verliert ab sofort *eigentlich*, nicht nur eigentlich, sondern *endgültig!*, seine Gültigkeit. Ganz im Gegenteil: wer es tut ist genau genommen ein Depp! Denn: »[nun] hat die individuelle Vorteilsgewinnung über die kollektive Kooperationsverpflichtung gesiegt. Die Zeiten, in denen individuelle Tüchtigkeit und gemeinschaftliche Bindung in der Mentalität der Mitte zusammengehören, sind offensichtlich vorbei.« (Bude, 2014, 73) Meiner Meinung nach nicht nur ‚offensichtlich', sondern spürbar und tatsächlich. Die Welt ist ungewiss und unübersichtlich geworden. Wer nicht alltägliche

---

[86] ebd. 58

Kämpfe auf der unteren Etage austragen will[87] muss »rechtzeitig d'rauf schauen, dass man's hat, wenn man's braucht.«[88]

Josef Kirschner schrieb übrigens auch »Die Egoisten Bibel«.[89] Meine Mutter erhält sie zum 30. Geburtstag von ihrem damaligen Kollegen. »Die beiden hassen sich«, bemerkte einmal ein Außenstehender. Er hatte damit gar nicht so unrecht. Aus diesem damaligen Kollegen wurde, denke ich, ein verbitterter, einsamer, alter Mann.

Sie haben sich nie mehr wieder gesehen. Bis heute nicht. »Die Egoisten Bibel« jedenfalls ist lesenswert. Wir haben sie schon dreimal durch.

In einfachen Dienstleistungsberufen wird heute wenig bezahlt, aber viel verlangt. Im Grunde kann man für »einfache Arbeit als Angestellte/r oder Arbeiter/in« im Durchschnitt mit etwa 1000 bis 1500 Euro netto rechnen. Damit kommt man nicht weit heutzutage. Und das »Prinzip, dass man unter der Woche hart arbeitet, um sich am Wochenende oder später im Leben etwas leisten zu können, stimmt in diesen Fällen [längst] nicht [mehr].« (Bude, 2014, 85) »Mit einfacher Dienstleistung

---

[87] vgl. ebd. 83
[88] nach einem berühmten Werbespot mit Josef Kirschner, 1988, der mit dem Slogan »Geld macht glücklich, wenn man rechtzeitig d'rauf schaut, dass man's hat, wenn man's braucht.« für das Raiffeisen Bausparen warb
[89] Anleitung fürs Leben, Josef Kirschner, »Zuerst ich, dann die anderen!«, München: Herbig, 1999

kann man zurechtkommen, aber nicht so, dass man sich in der Freizeit für die Mühen der Arbeit entschädigen kann.«[90] Kein Wunder, dass da mancherorts bei einigen – auch bei mir – die Wut durchbricht. Aber fürs Leben nützt das nichts. Zugegebenermaßen.[91]

Klar muss man nach vorne leben, wenngleich man meist nur nach hinten versteht.[92] Doch manches könnte man schon vorher wissen und entsprechend »rechtzeitig drauf schaun, dass .. !«

Und einen Teil dieser Feineinstellungen sollte und muss Schule in kompetenter, moderner Weise übernehmen. »Viel verlangt«, zugegeben, und es wird klarer warum Begütete ihre Sprösslinge in Privatschulen stecken, wo auf all das entsprechend Wert gelegt wird. Der Rest von uns findet sich in Restschulen wieder, die Notwendigstes erfüllen und mehr oder weniger maximal *mittelmäßig* agieren. Doch für teure Privatschulen verdienen wir zu wenig. Es scheint wie eine Spirale aus der es kein Entrinnen gibt. Alles von dem man meint, es endlich überrissen zu haben reduziert sich am Ende wieder auf »Macht und Geld«. Hast du nichts davon, kommst du nicht weit.

---

[90] ebd.
[91] vgl. ebd. 90
[92] nach dem Philosophen Søren Kierkegaard * 1813 † 1855

Nachdem wir Erwachsenen immer noch auf den *großen Wurf* warten, kannst Du mein Kind Dir wohl mittlerweile denken, »dass das mit uns [mit dem *großen Wurf*] wohl nichts mehr werden wird«. Doch DU, wenn WIR es klug anstellen, wenn ICH Dir *maßgeblich* nach all meinen verfügbaren Kräften die ich noch habe beistehe, und wenn DU das Glück hast, gute Lehrer und *patente* Mentoren und Lehrmeisterinnen zu finden, dann könntest DU es noch schaffen. Ich wünsche DIR von Herzen, dass sich die Türen für Dich öffnen und Du Dein ganz persönliches Glück findest, dass Dich frohlocken lässt.

Vorsichtig, aber *unmissverständlich* ausgedrückt bedeutet das, der Kampf um die (später) besten Plätze hat hier und heute längst begonnen, hier in deiner Dorfvolksschule im September des Jahres 2014.

Am 21. Dezember 2014 bricht Udo Jürgens während eines Spaziergangs in der Schweiz bewusstlos zusammen. Er stirbt im Alter von 80 Jahren an Herzversagen. Udo Jürgens wird in einem Ehrengrab der Stadt Wien (Gruppe 33 G, 85) auf dem Zentralfriedhof bestattet. Der Grabstein, von seinem Bruder Manfred entworfen, trägt die Textpassage »Ihr seid das

Notenblatt, das für mich alles war, ich lass' Euch alles - ich lass Euch alles da!«[93]

Im Mai 2015 findet der 60. Eurovision Song Contest in der Stadthalle in Wien statt. Die Wurst schwebt durch die Luft, Schweden gewinnt und Österreich und Deutschland erhalten *keinen einzigen Punkt.* Das Gastgeberland erntet 0 Punkte. So schnell kann's gehen, aber die Wurst trifft keine Schuld. Sie ist nach wie vor *in aller Munde.* Wie wird das weitergehen mit der Wurst? Wir werden sehen.

Nichts desto trotz: Ratgeberisch, unterhaltsam und fordernd, das alles soll mein Kind, Deine Schule heute für Dich sein. Du sollst gefördert und gefordert werden, und es soll nicht verhindert werden, dass Du in Zusammenhängen denken lernst.

Oder wird es in der 4. Klasse so sein, dass auch hier die Mädchen mit guten Noten und die Buben mit gesundem Selbstbewusstsein die Schule verlassen werden, um später beruflich Karriere zu machen, während die Mädchen zwar theoretisch viel wissen, ihr Wissen aber nicht verwerten werden

---

[93] aus http://www.krone.at/Oesterreich/Udo_Juergens_letzter_Weg-Beisetzung_in_Wien-Story-452494, © 2015 krone.at, 05.06.2015

können, ganz nach dem altbekannten Prinzip: »Trotz Fleiß, kein Preis.«

Abschließend: Ich bin gern eine Gesinnungsgehilfin des Feminismus. Nicht, weil ich glaube, dass Frauen die besseren Menschen sind. Sondern weil die Emanzipation – besser: Chancengleichheit und Gleichbehandlung - der Frau ein Schritt zu einer gerechteren Ressourcenverteilung ist. Auf Gerechtigkeit hat jeder Mensch ein Anrecht. Die Männer sehen das schließlich – für ihre Gattung – genauso.

It's a man's world! Seit Jahren sind die Ergebnisse in diesem Bereich eindeutig: Mädchen haben die besseren Noten und erlangen öfter höhere Bildungsabschlüsse als Jungen. Fast könnte man meinen, dass Buben in den Schulen benachteiligt werden, was sicher nicht der Fall ist. Trotzdem ist immer noch klar zu beobachten, dass sich die Männer in der Arbeitswelt viel mehr durchsetzen und behaupten und sie sind in wirtschaftlichen und gesellschaftlichen Spitzenpositionen deutlich häufiger am Ruder als Frauen. Und das obwohl: »Die Mädchen [konsequenter lernen] und [die besseren Abschlüsse machen]. Und die modernen berufsbefähigenden soft skills ,emotionale Intelligenz', Flexibilität und Kommunikativität sind sowieso eher weiblich als männlich konnotiert.« (Bude, 2010, 90-91) Aber: »Was soll [denn] mit dem ,überforderten

Geschlecht' werden, wenn die Mädchen an den Jungen vorbeiziehen?«[94]

Aber keine Angst! Ihr habt das Ruder nach wie vor fest in der Hand: am 4. Oktober 2014 ist im Wirtschaftsblatt [wie jedes Jahr] zu lesen: »Ab 10. Oktober bis Jahresende arbeiten Frauen statistisch gesehen gratis. An diesem Tag, dem Equal Pay Day, haben Männer bereits jenes Einkommen erreicht, wofür Frauen bis Jahresende noch arbeiten müssen.«[95] Wir [Frauen] arbeiten demnach an 83 Tagen in diesem Jahr gratis für unsere Arbeitgeber, de facto für die Männer. Und was haben wir nicht sonst schon alles gratis gemacht? »Frauen arbeiten in Wien täglich vier Stunden unbezahlt, haben eine halbe Stunde weniger Freizeit als Männer und verdienen 2,40 Euro brutto weniger pro Stunde. Diese Zahlen lieferte der erste Wiener Gleichstellungsmonitor«, ist auf ORF.at zu lesen.[96]

Zugegeben eine etwas *plakative Message*, doch da darf schon mal sowas wie Wut aufkommen, nicht wahr? Ich spreche von einer Aufgebrachtheit, die endlich sein muss. Es muss uns nicht

---

[94] ebd. 90
[95] aus http://wirtschaftsblatt.at/home/life/karriere/3880445/Equal-Pay-Day-Ab-10-Oktober-arbeiten-Frauen-statistisch-gratis?from=suche.intern.portal, WirtschaftsBlatt Medien GmbH, 1030 Wien, Hainburger Straße 33, 10.12.2014
[96] aus http://wien.orf.at/news/stories/2669009/, ORF.at vom 17.09.2014 unter der headline »Wienerinnen arbeiten täglich vier Stunden gratis«, 10.12.2014

immer augenscheinlich blendend gehen, wir müssen nicht durchgehend *immer* lächeln und wir müssen nicht ständig gelassen sein und Nachsicht für *alles* an den Tag legen. Wir dürfen und müssen endlich wütend sein (dürfen) über diese ständigen und unaufhörlichen Ausflüchte und Ausreden der Männer und Chefs, wenn es darum geht, ihre Pfründe zu verteidigen. Wir haben schließlich lange genug gewartet und uns in Geduld geübt.

Sorry, it's fact.

Deshalb: Mädchen aller Volksschulen: Setzt Euch durch! Stellt Euch in die erste Reihe! Macht Karriere! Seid bitte nicht allzu altruistisch, nur um euer Ansehen in der Horde zu erhöhen. Regelkonformismus ist gut und schön. Aber man kann das auch übertreiben. Lasst Euch nicht durch doofe Reglements foppen und stoppen! Gute Regeln sind einhaltbar, schlechte ignorierbar.

Sowas will ich in der Schule lernen! Damit ich nie an Grenzen stoße und die Chance habe, neue Ziele zu finden, wenn Enttäuschungen alte vernichten.

Im vollen Bewusstsein, dass Schule das *alles* alleine nicht schaffen kann, dass es dafür auch kompetente und engagierte Elternhäuser braucht, wünsche ich mir *dennoch* eine solche weitsichtige Lehrperson an meiner Seite, die Notwendigkeiten erkennt und ihnen nachgeht, andereseits nicht in Nebensächlichkeiten herummäandert, sondern solche negiert und somit keine wertvolle Zeit verschwendet. Denn die begrenzte Zeit ist alles was wir haben.

Schulzeit findet in der Kindheit und Jugend statt. Das ist die wertvollste Lebenszeit. Wenn Kinder während ihrer wertvollsten Zeit an die 12000 Stunden in Schulen absitzen, dann mussen die Erwachsenen das in vernünftiger Form rechtfertigen können und bestmöglich gestalten. (nach Precht, 2014[97])

Meine Oma war eine gute Lehrerin. Sie IST eine gute Lehrerin. Sie gab *ihr Bestes* zu *ihrer Zeit*.

Die Worte » .. wenn ich wieder auf die Welt komme, werde ich wieder Lehrerin!«, könnten glatt von ihr sein.

Nun gehe ich mit meiner neuen Schultasche, meinen Feder- und Schüttpennalen und meinen fein säuberlich geordneten Stiften jeden Tag in die Volksschule meiner Heimatgemeinde. Meine Oma unterrichtet dort nicht mehr.

---

[97] .. bei einem Vortrag von Prof. Dr. Richard David Precht zum Thema »Vom Wert der Bildung für eine zukünftige Gesellschaft« am 25.09.2014 in Kirchschlag i.d.Buckligen Welt

Ich wünschte aber, ich hätte eine Lehrerin wie sie, genauso eine

Frau Lehrer wie sie es war, eine Pädagogin wertvoll.

Darum grüß' ich Dich ‚hochachtungsvoll', Charlotte![98]

Und wie es mit *mir* weitergeht? Tja.

»Fortsetzung folgt!«

---

[98] .. nach Reinhard Mey's Charlotte, dieses Lied ist erschienen auf: Freundliche Gesichter, Live ´84, http://www.reinhard-mey.de/start/texte/alben/charlotte

> »Mancher Mensch hat ein großes Feuer in seiner Seele,
> und niemand kommt, um sich daran zu wärmen.«

Vincent van Gogh * 1853 † 1890

DIE AUTORIN

Cordula Mechkata, geb. 1970, Niederösterreich, brotberuflich Assistentin in der Industrie, studiert Publizistik und Kommunikationswisschenschaft in Wien, graduiert 2011 und beschäftigt sich mit Philosophie, Genderfragen, dem Bildungssystem und gesamtgesellschaftlichen Entwicklungen; Mutter von Nicolina.

DIE CO-AUTORIN

Nicolina, geb. 2007, Niederösterreich, besucht die erste Klasse einer niederösterreichischen Dorfvolksschule, liebt Tiere und Musik und blickt hoffnungsvoll in eine ungewisse, recht komplexe Zukunft.

Mein liebes Kind,

das Feuer Deiner Seele möge Dich und andere erwärmen!

Viele sollen kommen, Dich zu sehen und Dich zu hören.

Werde zum Glückspilz Schnecke, so wie es Dir gefällt!

Ich bin immer hinter Dir.

Deine Mammel

LITERATUR

Beck, Barbara (2014): Die berühmtesten Frauen der Welt-
geschichte, Vom 18. Jahrhundert bis heute.
Wiesbaden: marixverlag, 6. Auflage, 2014

Bude, Heinz (2010): Die Ausgeschlossenen, Das Ende vom
Traum einer gerechten Gesellschaft. München: Carl Hanser
Verlag, 2010

Bude, Heinz (2014): Gesellschaft der Angst. Hamburg:
Hamburger Edition, 2014

Ebner, Paulus/Vocelka, Karl (1998): Die zahme Revolution : '68
und was davon blieb. Wien: Ueberreuter, 1998

Fuchsberger, Joachim (2013): Altwerden ist nichts für Feiglinge.
München: Gütersloher Verlagshaus, 2010, 22. Auflage, 2013

Hölzel, Johann (1993): aus einem Interview mit Johann Hölzel
aus dem Jahr 1993, auf FALCOs Einzelhaft, © 2007 SONY BMG
MUSIC ENTERTAINMENT (Austria) GmbH, © 1982 GIG
RECORDS AUSTRIA

Krissmanek, Alexander: Promikinder, Schweres Erbe – leichtes
Leben? Wien: Edition Doppelpunkt

Lanz, Peter (2007): Falco – Die Biografie, Verlag Carl
Ueberreuter, Wien, 2007 © 2008 RADIOROPA, Hörbuch, gelesen
von Smudo

Popper, Karl R. (1994): Alles Leben ist Problemlösen. Über
Erkenntnis, Geschichte und Politik. München: Piper Verlag,
1994, 9. Auflage 2005

Precht, Richard David (2013): Anna, die Schule und der liebe
Gott. Der Verrat des Bildungssystems an unseren Kindern. Der
Hörverlag, 2013 (Originalverlag: Goldmann HC)

Reichel, Werner (Hg.) et al. (2014): Das Phänomen Conchita
Wurst. Ein Hype und seine politischen Dimensionen. Edition
Aecht, 2014

Ringel, Erwin (1991): Fürchte den anderen wie dich selbst.
Gegensätze überwinden. Dokumente, Berichte, Analysen.
Band 4). Ephelant Verlug, Wien, 1991

Wagenhofer, Erwin (2012): Alphabet - Angst oder Liebe © by
filmladen Filmverleih GmbH, Wien, Produktion
Österreich/Deutschland, 2012

Waibl, Elmar/Rainer, Franz Josef (2007): Basiswissen
Philosophie in 1000 Fragen und Antworten. Wien: Facultas
Verlags- u. Buchhandels AG, 2007

Wolf, Armin (2013): Wozu brauchen wir noch Journalisten?
Theodor-Herzl-Vorlesung zur Poetik des Journalismus.
Herausgegeben von Hannes Haas. Wien: Picus Verlag, 2013

MIT FREUNDLICHER GENEHMIGUNG VON ..

[Seite 130, 150]
ad Wolfgang Ambros, A Mensch mecht i bleib'n:
Text und Musik von Hans Günther Hausner, »A Mensch mecht i
bleib'n«, dies war immer die Grundeinstellung von Hans
Günther Hausner, er ist immer Mensch geblieben, mit
freundlicher Genehmigung von Eva Hausner, 2015

[Seite 41]
ad Drahdiwaberl, PLÖSCHBERGER:
mit freundlicher Genehmigung von Drahdiwaberl, Wien, 2014
ROCKTIGER Proberaumstudios, 1070 Wien,
http://www.rocktiger.com

[Seite 52, 54]
ad Falco:
mit freundlicher Genehmigung von CMS Reich-Rohrwig Hainz,
Wien, 2015
http://blog.cms-rrh.com/

[Seite 45]
ad Wilfried, Ikarus:
mit freundlicher Genehmigung von Wilfried, 2015
http://www.wilfriedscheutz.at/

ZEITSCHRIFTEN-, INTERNET- UND ANDERE QUELLEN

ABBA
http://www.abba.de/ © by ABBA.de Betreibergesellschaft mbH, Berlin
http://www.abbasite.com/ © by Polar Music International, Schweden

Schallplattencover von »Super Trouper«, ABBA, © 1980 POLAR MUSIC
INTERNATIONAL AB, STOCKHOLM; All songs written, arranged &
produced by Benny Andersson & Björn Ulvaeus

[Seite 115]
http://abba.de/bio/die-band/, 21.03.2015, ABBA.de Betreibergesellschaft
mbH, Berlin

AUSTRIA 3
http://www.austria3.at/ © by Wolfgang Ambros, Rainhard Fendrich,
Georg Danzer & mc events & musicpromotions, Wien

BRAVO
[Seite 36]
http://www.bravo.de/ © by   Bauer Redaktions GmbH, München

CHRISTIE AGATHA
http://www.agathachristie.com/ © by The agathachristie.com team, RLJ
Entertainment Limited, London

[Seite 16]
http://www.azquotes.com/quote/370072

DANZER GEORG
http://www.georgdanzer.at/ © by PHOEBUS MUSIC GROUP / VERLAGE
FRANZ CHRISTIAN SCHWARZ, Wien

DRAHDIWABERL
http://www.wienbibliothek-digital.at/ausstellung/drahdiwaberl/ © by
Wien Bibliothek im Rathaus, über Drahdiwaberl, Wien

DÜRINGER ROLAND
[Seite 101]
aus dem Programm Roland Düringer, ICH – allein?, im Stadttheater
Wiener Neustadt, gehört am 19.03.2015 von MIR – allein!

EQUAL PAY DAY
[Seite 186]
http://wirtschaftsblatt.at/home/life/karriere/3880445/Equal-Pay-Day-
Ab-10-Oktober-arbeiten-Frauen-statistisch-
gratis?from=suche.intern.portal, WirtschaftsBlatt Medien GmbH, 1030
Wien, Hainburger Straße 33, 10.12.2014

FALCO
http://www.falco.at/ © by Falco Privatstiftung, Wien

FALTER
http://www.falter.at/

GRUBER MONIKA
[Seite 35]
http://www.monika-gruber.de/home.html

DANZER GEORG
http://www.georgdanzer.at/ © by PHOEBUS MUSIC GROUP / VERLAGE
FRANZ CHRISTIAN SCHWARZ, Wien

JÜRGENS UDO
http://www.udojuergens.de/ © by Freddy Burger Management, Udo
Jürgens Office, Zürich

[Seite 32, 165]
http://www.falter.at/falter/2014/09/23/unterm-bademantel-
gaensehaut/

[Seite 166]
http://www.falter.at/falter/ausgabe/falter-3914/

[Seite 184]
http://www.krone.at/Oesterreich/Udo_Juergens_letzter_Weg-
Beisetzung_in_Wien-Story-452494, © 2015 krone.at, 05.06.2015

KNOLL ANDI
[Seite 153]
http://steiermark.orf.at/news/stories/2682569/, 10.12.2014, ORF.at

KOTTAN ERMITTELT
http://www.kottan-ermittelt.at/ © by Jan Zenker & Mitgesellschafter,
Wien

KREISKY BRUNO
http://www.dasrotewien.at/kreisky-bruno.html © by
Sozialdemokratische Partei Österreichs, Landesorganisation Wien

[Seite 86]
http://dasrotewien-waschsalon.at/in/files/kreisky_ges.pdf, 18.05.2015;
Alle Zitate: Bruno Kreisky, Erinnerungen. Das Vermächtnis des
Jahrhundertpolitikers. Herausgegeben von Oliver Rathkolb, 2007. © Alle
Fotos und ausgestellten Objekte: Stiftung Bruno-Kreisky-Archiv

[Seite 31-32]
http://www.falter.at/falter/2014/09/23/unterm-bademantel-
gaensehaut/

[Seite 31-32]
aus dem FALTER 39/14, Rezession von Sebastian Fasthuber,
http://www.falter.at/falter/2014/09/23/inhalt-falter-3914/

LANGSTRUMPF PIPPI
[Seite 159]
http://diepresse.com/home/panorama/integration/579386/Kein-
Negerkonig-mehr-bei-Pippi-Langstrumpf, Die Presse (online) 06.07.2010,
Abfrage: 18.05.2015

MAMMA MIA
http://www.mamma-mia.com/london.asp © by Littlestar Services Ltd.,
England, London

REINHARD MEY
http://www.reinhard-mey.de/start/texte/alben/charlotte
Reinhard Mey, Charlotte, dieses Lied ist erschienen auf:
Freundliche Gesichter, Live ´84

ORF.at
[Seite 186]
aus http://wien.orf.at/news/stories/2669009/, ORF.at vom 17.09.2014
unter der headline »Wienerinnen arbeiten täglich vier Stunden gratis«,
10.12.2014

[Seite 153, »situationselastisch«]
http://steiermark.orf.at/news/stories/2682569/, 10.12.2014, ORF.at

OSTBAHN KURT
http://www.ostbahn.at/ und http://www.e-a.at/ © by Erich
Schindlecker, E&A Public Relations GesmbH, Tulln

TEACH FOR AUSTRIA
[Seite 110]
http://www.teachforaustria.at/ © by Teach For Austria gemeinnützige
GmbH, Wien

VOLKSSCHUL-LEHRPLAN
[Seite 77]
https://www.bmbf.gv.at/schulen/unterricht/lp/lp_vs.html © by
Bundesministerium für Bildung und Frauen, Wien

WIKIPEDIA
http://de.wikipedia.org/wiki/Wikipedia:Hauptseite

Niederösterreich, im Juni 2015